তিন এক্কে তিন

জীবন খেলার তিনটি রূপ

BY

শিবাজি চ্যাটার্জী

ISBN 978-93-5438-928-3

Published in India 2021 by Pencil

A brand of

One Point Six Technologies Pvt. Ltd.

123, Building J2, Shram Seva Premises,

Wadala Truck Terminal, Wadala (E)

Mumbai 400037, Maharashtra, INDIA

E connect@thepencilapp.com

W www.thepencilapp.com

AUTHOR BIOGRAPHY

শিবাজী চ্যাটার্জ্জীর জন্ম উত্তর ২৪ পরগনা জেলার ইছাপুরে। ছোট থেকেই লেখার অভ্যাস ছিল তার।গল্প ছাড়াও বিজ্ঞাপনের জিঙ্গেল, অ্যালবামের গান লিখেছেন।ওনার লেখা গল্প নিয়ে স্বল্প দৈর্ঘের ছবি ও অডিও স্টোরিও হয়েছে। বিজ্ঞানে স্নাতক ও বেসরকারী সংস্থায় কর্মরত শিবাজীবাবুর লেখা দুটি একক বই আছে।প্রথমটি, "একে দশ" এবং দ্বিতীয়টি, "ভয়ের চার অধ্যায়"। প্রথম বইটিতে আছে দশটি বিভিন্ন স্বাদের গল্প আর দ্বিতীয় বইটিতে আছে চারটি পূর্নাঙ্গ ভৌতিক গল্প। " ভয়ের চার অধ্যায়" বইটি অ্যামাজন ও ফ্লিপকার্টেও পাওয়া যায়। এছাড়া চীনেপটকা, অদ্ভুতুড়ে -বইমেলা সংখ্যা, সনেট-ক্রোড়পত্র,ছেঁড়া চিরকুট ও বিভা-সেরা ভূত ভুতুম ২০১৯, বাইশ গজের বাইরে শারদীয়া সংখ্যা ২০২০ এ ওনার লেখা গল্প প্রকাশিত হয়েছে।

CONTENTS

প্রায়শ্চিত্ত

নারায়নপুরের বড়ো মাঠে আজ তিল ধারনের স্থান নেই। মাঠের চারিধার দিয়ে কাতারে কাতারে লোক জড়ো হয়েছে মনিমালা স্মৃ তি চ্যালেঞ্জ কাপের ফাইনাল ম্যাচ দেখতে। ১৬ দলের এই ফুটব ল টুর্নামেন্ট নারায়নপুর এলাকায় খুব জনপ্রিয়। যে কয়দিন এই টুর্নামেন্ট চলে সেই কয়দিন এলাকার মানুষ অন্য সব সমস্যা ভু লে এই ফুটবল খেলা নিয়ে মেতে থাকে। তার অন্যতম প্রধান কা রনহলো বুলেট রেঞ্জার্স ক্লাব।নারায়নপুরের এই ফুটবল ক্লাবটি জেলা মফস্বলের বেশ কিছু প্রতিযোগিতায় জয়লাভ করে এলা কার মানুষের মনের খুব কাছের হয়ে গেছে। টুর্নামেন্টের এই ক টাদিন এলাকার মানুষ নাওয়াখাওয়া ভুলে যায়।তাদের প্রিয় ক্লাব

কে নিয়ে আলোচনা, ক্লাবের টুর্নামেন্ট জেতার সম্ভাবনা, ক্লাবের ছেলেদের প্র্যাকটিস...এই বিষয়গুলোই টুর্নামেন্ট শুরুর কয়েক দিন আগেথেকেই এলাকাবাসীর আলোচনার প্রধান বিষয়বস্তু হয়ে দাঁড়ায়।

যে সময়ের কথা বলছি, সেটা আজ থেকে প্রায় ১২ বছর আগের কথা। নারায়নপুরের বুলেট রেঞ্জার্স তখন বেশ নামকরা ক্লাব হয়ে উঠেছিল।ক্লাবের বেশ কিছু খেলোয়ার ইতিমধ্যেই কোলকাতা ময়দানের ছোট বড়ো ক্লাবে খেলতে শুরু করেছে।কিন্তু তখনও পর্যন্ত বুলেট ক্লাব মনিমালা স্মৃতি কাপ একবারের জন্যও জিতে পারেনি।তিনবার ফাইনালে উঠেও তারা পরাজয় বরন করেছে।১২বছর আগে অর্থ্যাৎ ২০০৮ সালে তারা চতুর্থ বারের জন্য ফাইনালে উঠেছে।ফাইনালে তাদের প্রতিপক্ষ নবাবগঞ্জের ফাইটার ইলেভেন। বেশ কিছু ভালো খেলোয়ার ফাইটার ইলেভেনে থাকলেও তাদের প্রধান ভরসা ছিল সেন্টার ফরোয়ার্ড দুলাল দে। কোলকাতার এরিয়ান ক্লাবে খেলা দুলাল তখন যথেষ্ট পরিচিত নাম।কোলকাতা লিগে বড়ো ক্লাবের বিরুদ্ধে সেই বছর গোলও করেছিল সে।
অন্যদিকে বুলেটদের প্রধান ভরসা ছিল স্বপন পাল।কোলকাতার ভবানীপুর ক্লাবে খেলা স্বপনও তখন দারুন ফর্মে।আলাদা আলাদা ক্লাবে খেললেও দুলাল ও স্বপন ছিল দীর্ঘদিনের বন্ধু। একইদিনে কোলকাতার ক্লাবে ট্রায়াল দিতে গেছিল তারা।স্বপন বিয়ে ক

রলেও দুলাল তখনও ছিল অবিবাহিত। ফাইনালে এই দুজনই ছিল দুই দলের প্রধান আকর্ষন।

ফাইনালের দিন মাঠে ছিল উপচে পড়া ভিড়। নারায়নপুরের প্রত্যেকটা অধিবাসীর মনে ছিল একটাই আশা। এবারে যেন উইনার্স কাপটা তাদের ক্লাবে ঢোকে। সবাই জানতো কাজটা কঠিন কারন প্রতিপক্ষ দলে আছে দুলাল দে, যে এক মুহুর্তে ম্যাচের রং বদলে দিতে পারে। ফাইনালের আগে দুলাল একটি হ্যাটট্রিকসহ ৭ টি গোল করে সর্বোচ্চ স্কোরার ছিলেন। কিন্তু স্বপনও কম যায় না। ৬টিগোল করে তিনিও ছিলেন দৌড়ে।

চরম উত্তেজনার মধ্যে শুরু হয় ফাইনাল খেলা। মাঠের বাইরে অগুনতি দর্শকের মধ্যে স্বপনের ৭ বছরের ছেলে আগুনও ছিল। সে এসেছিল তার বাবা আর দুলালকাকুর লড়াই দেখতে।

দুর্দান্ত গতিতে ফাইনাল খেলা শুরু হয়। শুরু থেকেই মাঝমাঠের দখল নিতে মরিয়া ছিল দুই দল। একদিকে বুলেট পছন্দ করতো ছোট ছোট পাসে খেলে বিপক্ষের গোলমুখ খোলার অন্যদিকে ফাইটার লং বলে খেলা বেশি ভালোবাসতো। মিনিট দশেক খেলা হবার পর উপস্থিত দর্শকরা বুঝতে পারলো যে আজ কেউ কাউকে বিনা যুদ্ধে একফোঁটা জমি ছেড়ে দেবে না।

এরিমধ্যে বুলেটের ডিফেন্সের একটা ভুলে এগিয়ে গেল ফাইটার। বিপক্ষের কর্নারে তোলা উঁচু বল বুলেটের ডিফেন্ডার মনোজ হেড করে ক্লিয়ার করতে গেলে বল সোজা জমা পড়ে দুলালের

পায়ে।একটা ইনসাইড ডজে একজনকে কাটিয়ে সেকেন্ড পোস্ট দিয়ে ঠান্ডা মাথায় বল জালে জড়িয়ে দেয় দুলাল।

এক গোলে পিছিয়ে পড়লেও হাল ছাড়েনা বুলেটের খেলোয়াররা।স্বপনের দুরন্ত ফুটবল তাদের উজ্জীবিত করে তোলে।গোল খাওয়ার দশ মিনিটের মধ্যেই পারস্পরিক বোঝাপড়ায় ৭-৮ টা পাস নিজেদের মধ্যে খেলে ফাইটারের গোলমুখ খুলে ফেলে তারা।তারপর আগুয়ান গোলকিপারের ডানদিক দিয়ে হাল্কা প্লেসিং এ বল জালে জড়িয়ে দেয় স্বপন।গোটা মাঠ তখন আনন্দে উদ্বেলিত হয়েউঠেছে। কিছুক্ষণ পরেই হয় বিরতি।স্কোর - বুলেট -১, ফাইটার - ১।

দ্বিতীয়ার্ধের খেলা শুরু হবার কিছুক্ষণ পরেই কিন্তু দেখা গেল অন্য ছবি।দু'দলের খেলোয়ারেরাই যেন কিছুটা উত্তেজিত হয়ে গা জোয়ারি ফুটবল শুরু করলো।বিশেষ করে ফাইটার ইলেভেনের খেলোয়ারেরা একটু বেশি রকম বেপরোয়া হয়ে উঠলো।স্বপনের মতো শিল্পী ফুটবলারকে আটকাতে তারা দৃষ্টিকটু ফাউল করা শুরু করলো।বুলেটের ডিফেন্ডাররা তুলনামূলক সফলভাবে তখন দুলালকে নজরবন্দী করে রেখেছে। সেকেন্ড হাফের তখন ১৫ মিনিট অতিক্রান্ত।ফাইটারের গোলমুখে তখন দু'দলের খেলোয়ারেরা জড়ো হয়েছে। কর্নার পেয়েছে বুলেট।মিডফিল্ডার অনাদি কর্নার ফ্ল্যাগ থেকে বাঁ পায়ে তুললেন সুন্দর ইনসুইং ফ্লোটার।ল

ক্ষ্য সেই স্বপন।বলটা বাঁক খেয়ে নামছে ফাইটারের গোলের সা মনে।স্বভাবসিদ্ধ দক্ষতায় গোলের গন্ধ পাওয়া স্বপন লাফালো হেড দিতে।তার সাথে একই সাথে লাফালো ফাইটারের খোকন। ডিফেন্ডার হিসাবে খোকনেরও তখন যথেষ্ট নাম।বিশেষ করে হেডে তার সমকক্ষ এলাকায় খুব কমই ছিল।শূন্যে দুজনের ম ধ্যে হলো একটা সংঘর্ষ। মাটিতে ছিটকে পড়লো স্বপন ও খোক ন।খোকন মাঠে পড়ে ছটফট করলেও স্বপন রইলো স্থির, নিশ্চু প। ছুটে এলো দু'দলের খেলোয়ারেরা তাদের কাছে। সবাই অবা ক হয়ে দেখলো যেস্বপন একেবারে পাথরের মতো স্তব্ধ হয়ে গে ছে। দুলাল চিৎকার করে ডাক্তারদের ডাকতে তারা ছুটে আসে মাঠে।ততক্ষণে দুলাল নিজে স্বপনকে ঝাঁকাচ্ছে, নিঃশ্বাস বন্ধ হ য়ে যাওয়া স্বপনের মুখে মুখ দিয়ে নিঃশ্বাস চালু করার চেষ্টা কর ছে।অন্যদিকে আঘাত পাওয়া খোকন উঠে বসে ফ্যালফ্যাল ক রে তাকিয়ে আছে স্বপনের দিকে। দু'দলের ফিজিও ততক্ষণে পৌঁছে গেছে স্বপনের কাছে।অবস্থা ভালো না বোঝায় তাড়াতা ড়ি মাঠের বাইরে রাখা অ্যাম্বুলেন্সে করে স্বপনকে পাঠানো হয় হাসপাতালে।

মাঠে ততক্ষণে শুরু হয়ে গেছে চরম বিশৃঙ্খলা। বহু দর্শক মাঠে নেমে এসেছে। যে কোন মুহূর্তে হয়ে যেতে পারে বিরাট দুর্ঘটনা। এই আশঙ্কা থেকে রেফারি দু'দলের অফিসিয়ালদের সাথে কথা বলে ম্যাচ পরিত্যক্ত ঘোষণা করলেন।সঙ্গে সঙ্গে দুলাল ছুটলো

হাসপাতালের দিকে।

কিন্তু মাঠের দুর্ঘটনা এড়াতে পারলেও এড়ানো গেলনা কয়েক মিনিট আগে ঘটে যাওয়া সংঘর্ষের ফলাফল। বাঁচানো গেল না স্বপনকে।সংঘর্ষের ফলে বুকে আঘাত লেগে হৃদযন্ত্রের ক্রিয়া বন্ধ হয়ে মৃত্যু ঘটে তার।

এই অভাবিত ঘটনায় স্তম্ভিত হয়ে যায় নারায়নপুরের অধিবাসীরা।পুরো এলাকা হয়ে যায় থমথমে। খেলা চলাকালীন এক দূর্ঘটনায় তাদের প্রিয় খেলোয়ারের এই অকালমৃত্যু সমস্ত নারায়নপুরবাসীদের যেন বোবা করে দেয়। স্বপনের বিধবা স্ত্রী ও তার ছোট্ট ছেলেকে তারা কি বলবে,কিভাবে স্বান্তনা দেবে, কিছুই বুঝে উঠতে পারে না।নবাবগঞ্জর এলাকার সাথে নারায়নপুরের যেন কোনঝামেলা না হয়, পুলিশ প্রশাসন যদিও সেটার বন্দোবস্ত করে। পরেরদিন সকালে ফুলে ঢাকা স্বপনের নশ্বরদেহ আনা হয় তার বাড়িতে।নবাবগঞ্জ ও নারায়নপুরের সমস্ত খেলোয়ার ও অধিবাসীবৃন্দর চোখের জলে শেষ বিদায় জানানো হয় তাকে।যদিও এতো লোকের মাঝে একবারের জন্য‌ও চোখে পড়েনি দুলালকে।ছোট্ট আগুন তার দুলালকাকুকে একবারের জন্য‌ও দেখতে পায়নি।গতকালহাসপাতালে পৌঁছে স্বপনের মৃত্যুসংবাদ পাবার পর থেকে কোথায় যেন অদৃশ্য হহয়ে গেছে দুলাল দে।

বারো বছর পরে....

নিজের অ্যান্ড্রয়েড মোবাইল ফোনে ফিফা ফুটবল গেমটা তন্ময় হয়ে খেলছিল বুবাই।একের পর এক অপোনেন্টকে কাটিয়ে গোলের মালা পড়াচ্ছিল বিপক্ষকে।মা এরমধ্যে তিনবার জলখাবার খাবার জন্য ডাক দিয়েছে। কিন্তু মোবাইল গেমে তন্ময় হয়ে থাকা বুবাইয়ের কানেই যায়নি কথাটা।এবার যখন তার ঘরের দরজার সামনে থেকে মায়ের গর্জন ভেসে এলো তখন লাফ দিয়ে খাট থেকে নামলো বুবাই।

-

এবার আমি টান মেরে ওই ফোনটা নিয়ে সোজা বাইরে ছুঁড়ে ফেলে দেব বুবাই।কখন থেকে ডাকছি তোকে! কানেই যায় না ছেলের!

খাট থেকে নেমে মাকে গিয়ে জড়িয়ে ধরলো বুবাই।
- স্যরি মা।রাগ করো না।দাও দাও, শিগগির খেতে দাও।

বুবাইয়ের হাতদুটো সরিয়ে দিয়ে ঝাঁঝিয়ে উঠলো নীলিমা।
-

খুব ভুল হয়েছে আমার তোমায় ফোনটা কিনে দিয়ে।রাতদিন শুধু গেম আর গেম।গ্রাজুয়েশনের রেজাল্ট যে গোল্লায় যাবে সেটা ভালোই বুঝতে পারছি।

মার পিছন পিছন রান্নাঘরের সামনে আসে বুবাই।

-

একদমই নয়।বলেছিলে উচ্চমাধ্যমিকে স্টার পেলে দামী মোবা
ইল কিনে দেবে, পেয়েছি স্টার।এবার গ্রাজুয়েশনেও ফার্স্ট ক্লাস
পাব আর তখন আর একটা জিনিস কিনে দিতে হবে।

বুবাইয়ের প্লেটে রুটি দিতে দিতে নীলিমা বলে- আবার কি?

দুইহাত সামনে এনে মুখ দিয়ে ভুররর ভুররর আওয়াজ করে মা
কে বোঝানোর চেষ্টা করে বুবাই।
আবার গর্জে ওঠে নীলিমা।

-

বাইক! অসম্ভব ব্যাপার।তোমাকে আমি বাইক কিনে দেব না।তা
রপর সারাদিন আমি আতঙ্কে আতঙ্কে থাকি আর কি! আর তাছা
ড়া বাইক কেনার মতো অত টাকাও আমার নেই।

নিজের প্লেট থেকে রুটির টুকরো ছিঁড়ে তরকারি দিয়ে মুখে তু
লে চিবোতে চিবোতে বুবাই প্রতিবাদ করার চেষ্টা করে।

-

ওফ মা! এখন অতো টাকা লাগে না একবারে।কিছুটা ডাউনপে
মেন্ট করতে হয় আর বাকিটা ইএমআই দিতে হয়।

অতশত জানিনা।বাইক তুমি পাবে না।আর সবচেয়ে বড়ো কথা হলো আগে তুমি ফার্স্ট ক্লাস পাও,তারপর কথা হবে।যা নমুনা দেখছি তোমার পড়াশোনার, রাতদিন বাড়িতে থাকলেই মোবাইল গেমে মুখ গুঁজে,পাশ করো কিনা তাই আমার সন্দেহ আছে।

ব্যাজার মুখে চুপচাপ খেতে লাগলো বুবাই।মায়ের তার পড়াশোনা নিয়ে ধারনাটা পুরোপুরি ঠিক নয়।টাইমলি নিজের পড়াশোনা সে ঠিকই করে। এখন তার ফার্স্ট ইয়ার চলছে। পরীক্ষার রেজাল্ট নিয়েও সে আত্মবিশ্বাসী। শুধু মোবাইলে ফুটবল গেমের প্রতি সে ভীষণ ভাবে অ্যাডিকটেড।অবশ্য শুধু মোবাইলে নয়, ফুটবল খেলাটাকেই সে প্রচন্ড ভালোবাসে সেই ছোটবেলা থেকে। ভালবাসবেনাই বা কেন।তার রক্তে যে ফুটবল। তার বাবা এলাকার ভালো ফুটবল খেলোয়ার ছিল।কোলকাতা ময়দানেও খেলতো। একটা দুর্ঘটনায় বাবাকে হারায় খুব ছোটবেলায়।তারপর থেকে তার মা তাকে ফুটবলে পা দিতেই দিত না।সে যেটুকু খেলেছে সেটা লুকিয়ে-
চুরিয়ে। ছাত্র হিসাবে যেমন তার সুনাম আছে ছোট থেকে ঠিক তেমনি ফুটবলার হিসাবেও তার সুনাম হচ্ছে এখন।যদিও মার ভয়েনিজের এলাকায় একেবারেই খেলে না বুবাই।তবে কলেজের টিমে সে নিয়মিত খেলোয়ার।সমস্ত প্রফেসর ও বন্ধু বান্ধবদের কাছে সে যুগপৎ তার পড়াশোনা ও খেলোয়ারী দক্ষতার জন্য খুব জনপ্রিয়। অথচ তার মা তাকে স্পষ্টই জানিয়ে দিয়েছে যে কো

নপ্রকার খেলার সাথে যেন সে যুক্ত না হয়।ফুটবল একদিন তার বাবাকে কেড়ে নিয়েছিল।সেই শোক তার মা এখনও ভুলতে পারেনি।বাবারমৃত্যুর পরে নিজে চাকরী করে, সংসার সামলিয়ে ছেলেকে মানুষ করেছে নীলিমা।তার সবসময়ই ভয় যে বুবাই যেন খেলাধুলার প্রতি না ঝোঁকে।তাহলে হয়তো তারও কোন বিপদ ঘটতে পারে।একটা সময় অবধি বুবাই মাকে বোঝানোর অনেক চেষ্টা করেছে,শেষ পর্যন্ত হতোদ্যম হয়ে মাকে লুকিয়েই তার ফুটবল খেলা বজায় রেখেছে।

ছোটবেলা থেকেই ফুটবলের প্রতি অসম্ভব টান বুবাইয়ের। এখন সেটা রীতিমতো অবসেশনের জায়গায় চলে গেছে। কলেজের ফুটবল টিমে সে নিজের যোগ্যতায় পাকা জায়গা করে নিয়েছে। মায়ের অনুমতি না পাওয়ায় সে লুকিয়ে নিজের অবশেসনটা কে বাঁচিয়ে রেখেছে। তার ফুটবল কিটস ও থাকে এক বন্ধুর কাছে।তবে একটা ব্যাপারে বেশ আক্ষেপ আছে বুবাইয়ের।মোবাইল ফুটবলগেমে সে যতই অপোনেন্ট প্লেয়ারদের কাটিয়ে গোল করুক না কেন, কলেজের টিমে সে খেলে কিন্তু ডিফেন্সে যেখান থেকে তার গোল করা হয়ে ওঠে না। কোন প্রতিযোগিতামূলক ম্যাচের সময় তার চেষ্টা থাকে কখনও কখনও নিজের ডিফেন্স এরিয়া থেকে উঠে গিয়ে গোল করার এবং এই ক্ষেত্রে সে সফল ও হয়েছে বারকয়েক কিন্তু প্রতিবারই খেলার শেষে তার দলের কোচের কাছেতিরস্কৃত হয়েছে ডিফেন্স থেকে ওঠার জন্য।

এই তো...সেদিনই কলেজের একটি ম্যাচের সেকেন্ড হাফ চলছে তখন, কোন দলই গোল করতে পারেনি।এরিমধ্যে একটি প্রতি আক্রমণে বুবাইয়ের টিম তীব্র গতিতে বিপক্ষের পেনাল্টি বক্সে ঢুকে পড়ে।বুবাইও লম্বা লম্বা স্ট্রাইডে দলকে সাহায্য করার জন্য উঠে আসে।আক্রমণটা থেকে গোল হয়নি তবে এরপর বিপক্ষের একটি বিপদজনক আক্রমণ থেকে প্রায় গোল খেয়ে গিয়েছিলবুবাইরা।তাদের গোলকিপার একক প্রচেষ্টায় সেভ করে। বুবাই তখনও প্রতিপক্ষের এরিয়া থেকে ফিরে আসতে পারেনি।এরপর তাদের কোচের হিমশীতল কঠিন দৃষ্টি বুবাই ভুলতে পারেনি।

ঠিক যেমন ভুলতে পারেনা ফুটবলের কথা শুনলে তার মায়ের আতঙ্কিত ও সন্ত্রস্ত দৃষ্টি। গল্পচ্ছলে কোন সময় হয়তো বুবাই তার মাকে ফুটবল নিয়ে কোন গল্প বলল কিন্তু তার পরেই সে দেখতো যে মায়ের মুখটা অস্বস্তিতে ভরে যাচ্ছে। কোন না কোন বাহানায় মা ফুটবলের প্রসঙ্গ থেকে বেরোতে চাইছে।
অনেকবার মাকে জিজ্ঞেস করেও বুবাই এর উত্তর পায়নি।আর সেই কারনেই নিজের ফুটবল প্রীতি আরও বেশি করে মায়ের কাছ থেকে লুকিয়ে রাখে সে।

কিন্তু বেশীদিন বুবাই মায়ের কাছ থেকে লুকিয়ে রাখতে পারলো না ফুটবলকে।দুদিন আগেই কলেজ টুর্নামেন্টের ফাইনাল হয়ে গেছে। ফাইনালে দুর্দান্ত খেলেছে বুবাই।মূলতঃ ডিফেন্সে তার উ

পস্থিতির জন্যই বিপক্ষের সেরা ফরোয়ার্ড মাথা কুটেও গোল ক রতে পারেনি।শেষ পর্যন্ত টাইব্রেকারে জয় তুলে নেয় বুবাইরা। ম্যান অব দ্য ম্যাচ হয় বুবাই। কিন্তু গন্ডগোলটা হয় তার পরেই।

ইন্টার কলেজিয়েট টুর্নামেন্টের ফাইনাল কভার করতে বেশ ক য়েকটা খবরের কাগজের প্রতিনিধি এসেছিল।তাদের একজন ম্যান অব দ্য ম্যাচের ছবিও তোলে।

সেই ছবি পরেরদিন সেই পত্রিকার খেলার পেজে ছোট্ট সংবাদ সহ প্রকাশিত হয়।ট্রেনে করে অফিস থেকে ফেরার পথে নীলি মার চোখে পড়ে খবরটা।তার উল্টোদিকে বসা এক যাত্রী পড়ছি লেন খবরের কাগজটা।নীলিমার চোখে পড়ে ভদ্রলোকের হাতে ধরা কাগজের উল্টোদিকে তার ছেলের ছবি।ভদ্রলোককপ হত ভম্ব করে ছোঁ মেরে তার হাত থেকে কাগজটি ছিনিয়ে নেন তিনি ।বিস্ফারিতচোখে এক নিঃশ্বাসে পড়ে ফেলেন ম্যান অব দ্য ম্যাচ বুবাইয়ের কীর্তি।মাথাটা দপদপ করতে লাগলো তার।চোখের সা মনে যেন অন্ধকার দেখতে পেলেন তিনি।নেহাত সীটে বসে ছি লেন তাই, নইলে হয়তো মাথা ঘুরে পড়েই যেতেন।
তার বুবাই ফুটবল খেলে।এ যে তার স্বপ্নেরও অতীত।যে অভিশা প আজ বারো বছর ধরে বুকের মাঝে চেপে রেখে বয়ে বেড়াচ্ছে ন নীলিমা, যে অভিশাপের আঁচ তিনি বুবাইয়ের ধারে কাছেও ঘেঁ ষতে দেননি, যে ফুটবলকে ভোলার জন্য তিনি নিজের পরিচিত

জায়গা ছেড়ে এই কোলকাতা শহরে মুখ গুঁজে পড়ে আছেন,তা র ছেলে কিনা সেই ফুটবলকে আঁকড়ে ধরেছে আর তাও আবার তাকেলুকিয়ে। তার থেকে সম্পূর্ণ গোপন করে! ট্রেনের জানলায় হেলান দিয়ে চোখটা বন্ধ করে ফেললেন নীলিমা।দরদর ধারায় জল বেরিয়ে এলো চোখের কোন দিয়ে আর সেই সাথে বুঝি বে রিয়ে এলো বারো বছর আগের সেই অভিশপ্ত স্মৃতি।

কলেজ থেকে সেদিন ফিরতে একটু দেরিই হলো বুবাইয়ের। ক লেজের পরে টিউশন সেরে যখন বাড়ি ঢুকলো তখন বাড়ির থম থমে পরিবেশটা তাকে কিছুটা অবাক করলো।অন্য সময় সে য খন সন্ধ্যাবেলায় বাড়ি ঢোকে তখন মায়ের ঘর থেকে টিভিতে বাংলা সিরিয়ালের আওয়াজটা অন্তত শুনতে পায়।কিন্তু আজ টিভিও চলছে না।মায়ের ঘরে উঁকি দিয়ে মাকে দেখতে পেল না বুবাই।তখনই রান্নাঘর থেকে বেরিয়ে এলো নীলিমা।হাতে একটা প্লেটে মিষ্টি। বুবাই তাড়াতাড়ি মিষ্টির প্লেটের দিকে হাত বাড়াতে ই মায়ের স্বর গর্জে উঠলো।

বাইরের নোংরা হাতে একদম খাবার ধরবে না।যাও, আগে হাত পা ধুয়ে এসো।তোমার জন্যই এনেছি মিষ্টি।

বুবাই সঙ্গে সঙ্গে বাথরুমে গিয়ে হাত পা ধুয়ে ঘরে চলে এলো।টে

বিলে সাজানো মিষ্টির প্লেটে হাত দিতে যেতেই মা বলল-

দাঁড়াও,আমি খাইয়ে দেব আগে।

একটু অবাক হলো বুবাই।আজ তো তার জন্মদিন নয় বা পরীক্ষা
র রেজাল্টও বেরোয়নি।তাহলে মার এরকম মিষ্টি কিনে আনার
অর্থ কি! আবার প্রথম টুকরোটা মা নিজে খাইয়ে দেবে বলছে।

ততক্ষণে নীলিমাদেবী একটুকরো মিষ্টি ভেঙে বুবাইয়ের মুখে দি
য়েছে। বুবাই খেতে খেতে জিজ্ঞেস করলো-

আজ কি স্পেশাল কিছু মা?

বুবাইয়ের দিকে পূর্ন দৃষ্টিতে তাকিয়ে নীলিমাদেবী বললেন-

স্পেশাল দিনই তো।খবরের কাগজে আমার ছেলের ছবি বেরিয়ে
ছে। ফুটবল খেলায় কলেজে ম্যান অব দ্য ম্যাচ হয়েছে।

বুবাইয়ের খুশী খুশী মুখটা নিমেষে কালো হয়ে যায়।মিষ্টি চিবা
নো বন্ধ করে মাথা নীচু করে ফেলে সে।কানে আসে মায়ের গ
ম্ভীর কন্ঠস্বর।

তোমায় জীবনের সঠিক শিক্ষা দিতে আমি কোন কসুর করিনি

বুবাই। সবসময় চেয়েছি তুমি একজন যথার্থ মানুষ হও।বুঝতে পারিনি যে আমার দেওয়া শিক্ষায় এতটা ফাঁক রয়ে গেছে যে আমার ছেলে আমার কাছেই এতবড়ো সত্যিটা লুকিয়ে গেছে।

অসহায়ের মতো বুবাই বলে ওঠে -

কিন্তু মা, আমি তোমার কাছে কোন কিছুই গোপন করিনি শুধু এই ফুটবল খেলাটা ছাড়া।তুমি ছোট থেকেই আমায় ফুটবল খেলতে দাওনি কিন্তু স্কুলে, কলেজে আমি লুকিয়ে লুকিয়ে খেলেছি।জানিনা এই ছোট্ট গোল বলটা তোমার কি ক্ষতি করেছে কিন্তু বিশ্বাস করো, পড়াশোনা বাদ দিয়ে আমার দ্বিতীয় ভালোবাসা বা ভালোলাগার জিনিস হলো এই বলের দুনিয়া।
ফুটবল আমার জান মা।আমি এর জন্য সব ছাড়তে পারি।

নীলিমাদেবীর মারা চড়টা সশব্দে আছড়ে পড়লো বুবাইয়ের গালে শেষ কথাগুলির পরে।গালে হাত দিয়ে থতমত খেয়ে দাঁড়িয়ে রইলো বুবাই আর বিছানায় উপুড় হয়ে কান্নায় ভেঙে পড়লো নীলিমা।বুবাইয়ের চোখ দিয়েও তখন নেমেছে অশ্রুর ধারা।আস্তে আস্তে বিছানায় এসে কান্নার দমকে ফুলে ফুলে ওঠা মার পিঠের উপর হাত রাখে সে।

-

মা, কেন তুমি কাঁদছো? বলো, ফুটবল খেলে কি এমন অন্যায়

করেছি আমি?কেন এই খেলাটার প্রতি তোমার এতো রাগ, এতো বিদ্বেষ! বলো মা, বলো।আজ তোমাকে বলতেই হবে তোমাকে। বলো, বলো।

বুবাইয়ের আকুতিতে বুঝি কাজ হয় সেই মুহূর্তে। নিজেকে সাম লিয়ে উঠে বসেন নীলিমাদেবী। নিজের চোখের জল আঁচল দি য়ে মুছে তাকান বুবাইয়ের দিকে।

-

শুনতে চাস তুই? কেন আমি ফুটবল খেলাকে অপছন্দ করি? ঘৃ না করি? শুনতে চাস?

বুবাই - হ্যাঁ, মা। আমি শুনতে চাই। জানতে চাই।

নীলিমা- বেশ, বলছি তোকে আজ সব কিছু।

ছোটবেলা থেকে একটা কুয়াশার পর্দা ঘিরে রেখেছিল বুবাইয়ের স্মৃতির ভান্ডার।১২ বছর আগে তার জন্মের এলাকা নারায়নপুরে র স্মৃতি, এক কাকভোরে সেখান থেকে কোলকাতায় চলে আসা র স্মৃতি.... সব, সব স্মৃতির ঝাঁপি যেন এক লহমায় খুলে গেল।তার সাথে বুবাইয়ের কাছে উদঘাটিত হলো তার পৈতৃক ভিটে ছেড়ে

তার মায়ের তাকে নিয়ে চলে আসার রহস্যও।

নারায়নপুরের সেই অভিশপ্ত ফাইনালের কিছুপরে যে ঘটনা অ
ভিনীত হয়েছিল, আমরা সেদিকে একটু আলোকপাত করি।

সন্ধ্যা নেমে এসেছে নারায়নপুরের আকাশে। বড় বিষন্ন এক স
ন্ধ্যা। নিজের বাড়িতে নিজের ঘরে মাথা নীচু করে চুপচাপ বসে
ছিল খোকন মিত্তির। কয়েকঘন্টা আগে মাঠে খেলার মাঝখানে
হেড নিতে গিয়ে তার সাথে সংঘর্ষে মারা গেছে বিপক্ষ দলের জ
নপ্রিয় খেলোয়ার স্বপন পাল।হাসপাতালে ডাক্তার জানিয়েছে যে
 মস্তিষ্কে আচমকা জোর আঘাত লেগে কনকাশন এবং সেখান
থেকেহার্টফেল হয়ে স্বপনের মৃত্যু হয়েছে। খোকনের এখনও বি
শ্বাস হচ্ছে না ঘটনাটা।শূন্যে হেড করতে ওঠার সময় খোকনের
শুধু একটাই টার্গেট ছিল।কোনমতেই যেন স্বপন বলে মাথা ছোঁ
য়াতে না পারে।তবে এটা ঠিক যে এয়ারে হেড করতে গিয়ে খো
কনের কনুই স্বপনের মাথায় লাগে এবং বেশ জোরেই লাগে।ত
বে কখনোই সেটা ইচ্ছাকৃত ছিল না।ডাক্তার বলেছে যে মাথায়
কানের পাশেজোরালো আঘাতে কনকাশন হয় স্বপনের এবং দ্রু
তই তা খারাপের দিকে যায়।

তবে কি খোকনের কনুইয়ের আঘাতই কি স্বপনের অকালমৃত্যু

ডেকে আনলো?হঠাৎ নিজের মুখ ঢেকে কেঁদে উঠলো খোকন। তাহলে বকলমে তো সে খুনী হয়ে গেল।হ্যাঁ, এটা ঠিক যে হয়তো আইনের চোখে সে অপরাধী নয়, কারন ঘটনাটি খেলার একটি মুহূর্তের ঘটনা এবং অনিচ্ছাকৃত, তবুও খোকনের সারা শরীর কেমন যেন অস্থির হয়ে উঠলো। আচ্ছা, স্বপনের তো স্ত্রী এবং এ কটি ৭বছরের পুত্র সন্তান আছে। এবার তাদের কি হবে? খোক নেরও তো স্ত্রী আছে। তারও ৭ বছরের একটি ছেলে আছে। বাকি জীবনটা সে এই দুজনের দিকে মুখ তুলে তাকাবে কি করে! এ লাকার লোকজন তাকে খুনী ভাববে না তো!

হয় ভগবান! এ কি ভয়ংকর ঘটনা তাকে কেন্দ্র করে ঘটে গেল আজ!

নিজের ঘরে বসে যখন আত্মগ্লানিতে ভুগছে খোকন, তখন তার বাড়ির বারান্দায় নিঃশব্দে এসে দাঁড়ালো একটি ছায়া।টকটক ক রে দুইবার টোকা পড়লো খোকনের ঘরের দরজায়।খোকনের স্ত্রী নীলিমাদেবী তার শিশুপুত্র কে নিয়ে বসে ছিলেন এক নিঃসী ম আতঙ্ক ও ভয়ে।যে ঘটনা আজ ঘটে গেছে ফুটবল খেলাকে কেন্দ্র করে, তার আঁচ নীলিমার সংসারে কি এসে পড়বে,এই আ শঙ্কায়থেকে থেকেই আঁতকে উঠছিলেন নীলিমা। ঘরের দরজায় টোকা পড়তেই আবার চমকে উঠলেন তিনি।কোনমতে অস্ফু টে বললেন - কে? কে বাইরে?

একটু চাপা গলায় বাইরে থেকে উত্তর এলো।

- বৌদি, আমি দুলাল।

চোখের জল মুছে দরজা খুললেন নীলিমা। সামনে শুকনো মুখে তারই স্বামীর বন্ধু দুলাল দাঁড়িয়ে।

- খোকন কোথায় বৌদি?

নীলিমা- ঘরে।চুপচাপ বসে আছে। একটা কথাও বলছে না।

দুলাল - ওকে বলুন বৌদি যে আমি বাইরে দাঁড়িয়ে।

ভিতরে যায় নীলিমা।কিছুক্ষণ পরেই দরজায় এসে দাঁড়ায় খোক
ন।দুলাল খোকনের হাতটা ধরে নীলিমার উদ্দেশ্যে বলে-
 ওকে নিয়ে একটু ঘুরে আসছি বৌদি। আপনি চিন্তা করবেন না।

বেরিয়ে যায় দুজনে।অশান্ত মন নিয়ে দরজা বন্ধ করে নীলিমা।

খোকনের বাড়ি থেকে বেশ কিছুটা দূরে হাঁটতে হাঁটতে চলে আ
সে দুজনে।রেললাইনের ধারে একটা কালভার্টের কাছে এসে দাঁ
ড়ায়।পকেট থেকে সিগারেট বার করে ধরায় দুলাল।একমুখ ধোঁ
য়া ছেড়ে খোকনের দিকে তাকিয়ে বলে -
 তোকে এখানে কেন ডেকে আনলাম জানিস?

দুলালের দিকে একটা নিস্পৃহ দৃষ্টি দিল খোকন।তাকে নিরুত্তর দেখে আবার বলল দুলাল।
-

 আর কেউ দেখুক বা না দেখুক আমি কিন্তু দেখেছি তোকে এয়ারে কনুই চালাতে।

এবার মুখ খুললো খোকন।
-

 আমি কনুই চালাইনি দুলাল।কনুইটা স্বপনের মাথায় লাগে বাই চান্স।

- বাইচান্স নয় খোকন,বাইচান্স নয়।
গর্জে উঠলো দুলাল।স্বপন দারুন খেলছিল ওই সময়।বলটায় এয়ারে ও রিচ করে যেত।তুই কনুই চালাস ওকে সরাতে এবং সেটা ওর কানের পাশে লাগে।ময়দানের এইসব বিপদজনক ফাউল আমার জানা আছে।

চিৎকার করে ওঠে খোকন।
-

 না, ভুল বুঝছিস তোরা।স্বপন আমার শত্রু নয়।আমি কোন কিলার নই।আমিও একজন খেলোয়াড়। যা হয়েছে সেটা অ্যাক্সিডেন্ট দুলাল। আমি থাকতে পারছি না সুস্থির।বুকের ভিতরটা অব্যক্ত যন্ত্রনায় কুঁকড়ে যাচ্ছে।

রেললাইনের দিকে তাকিয়ে গম্ভীর স্বরে দুলাল বলে -
 শ্মশানের চিতায় স্বপনকে তোলা হলো।ওর ছোট্ট ছেলেটা হাতে
আগুন নিয়ে এগিয়ে গেল চিতার দিকে।আর দেখতে পারলাম
না, বুঝলি।চলে এলাম।

দু হাতে মুখ ঢেকে কান্নায় ভেঙ্গে পড়লেন খোকন।
- আমার যে স্বপনের কাছে ক্ষমা চাওয়ারও উপায় নেই দুলাল।

চাপা হিসহিস স্বরে দুলাল বলল-
 আছে খোকন,আছে। স্বপনের কাছে গিয়ে তাকে একবার বলবি
শুধু যে তুই খুনী নোস।ওটা অ্যাক্সিডেন্ট ছিল।

হতবাক হয়ে দুলালের দিকে তাকায় খোকন।
- এ তুই কি বলছিস দুলাল?
মাথা কি খারাপ হয়ে গেছে তোর?

কাছে এসে খোকনের কলার ধরে ঝাঁকানি দেয় দুলাল।
-
হ্যাঁ, মাথা খারাপ হয়ে গেছে আমার।স্বপনের চিতার দৃশ্যটা মনে
পড়তেই আগুন জ্বলছে মাথায়।স্বপন ওখানে একা যাবে কেন
রে? তোকেও যেতে হবে ওর কাছে।চল।

হিড়হিড় করে রেললাইনের দিকে টানতে থাকে দুলাল স্বপনকে।স্বপন সম্বিত ফিরে পেয়ে নিজেকে মুক্ত করতে চেষ্টা করে আ প্রান।

- ছেড়ে দে দুলাল।কি করছিস কি?
ট্রেন আসছে।একটা অ্যাক্সিডেন্ট হয়ে যাবে।ছাড়।

কিন্তু ছাড়ার কোন লক্ষনই দেখায় না দুলাল।খোকনের কানের কাছে ফিসফিস করে বলে ওঠে -
ক্ষমা চাইতে হবে তোকে স্বপনের কাছে। আর কোন রাস্তা নেই।

দুলালের মুখ থেকে তীব্র অ্যালকোহলের গন্ধ পায় খোকন।ইতি মধ্যে দুজনেই লাইনের একেবারে সামনে।দূরে ততক্ষণে দেখা দিয়েছে এক্সপ্রেস ট্রেনের আলো।শরীরটা কিরকম যেন শিরশিরি য়ে উঠলো খোকনের।দুলাল বিড়বিড় করেই যাচ্ছে আর ক্রমাগ ত তাকে ঠেলে দিচ্ছে লাইনের মাঝখানে। একে মদ্যপ তার উপ র শারীরিক ভাবে কিছুটা হলেও দুলাল খোকনের চেয়ে বেশি শ ক্তিশালী,তাই ক্রমশ হার মানছে খোকন।দারুন আতঙ্কে তার মু খ রক্তশূণ্য হয়ে গেছে। ট্রেন তার নির্দিষ্ট ছন্দে ক্রমাগত এগিয়ে আসছে।আচমকা দুলালকেও আষ্টেপৃষ্টে জড়িয়ে ধরলো খোকন ।উদ্দেশ্য একটাই যে নিজেকে বাঁচাতে দুলাল এবার নিশ্চয়ই তা কে নিয়ে লাইনের বাইরে লাফ দেবে।হঠাৎ খোকনের তাকে জ ড়িয়ে ধরতে দেখে থামলো দুলাল।তারপর সারা শরীর কাঁপিয়ে

অট্টহাসি করেউঠলো সে।
- হা হা হা হা হা হা....
লাভ নেই খোকন।দুলাল আজ কপালে শ্মশানের ছাই মেখেই এ
সেছে। স্বপনের কাছে তোকে আমিই নিয়ে যাবো আজ।চল।

ট্রেনের জোরালো আওয়াজে সভয়ে ঘুরে তাকিয়ে দেখলো খোক
ন যে হুড়মুড়িয়ে তাদের গায়ের প্রায় কাছে এসে পড়েছে ট্রেন।ই
ঞ্জিনের তীব্র আলো আর জোরালো হর্নে চাপা পড়ে যায় খোক
নের হাহাকারময় আর্তনাদ।ট্রেনের ঠিক সামনে খোকনকে নি
য়ে ঝাঁপ দেয় দুলাল।মানুষের মরন আর্তনাদ, ইঞ্জিনের জোরা
লো আওয়াজ, ধাতব ইঞ্জিনের সাথে নরদেহের সংঘর্ষের এক অ
দ্ভুতথ্যাতলানো আওয়াজ.... পরিবেশটাকে এক লহমায় যেন
নরকে পরিনত করে। যদিও কয়েক সেকেন্ড পরে যখন ট্রেনটি
চলে যায়, তখন আবার সব আগের মতো নিঃশ্চুপ হয়ে যায়, শু
ধু লাইনের এদিকে ওদিকে টুকরো দেহাংশ ও রক্তের ধারা সাক্ষী
রেখে।

'পরবর্তী কদিন আমাদের জীবনের সবচেয়ে দুর্বিষহ দিনগুলির
মধ্যে ছিল।তুমি তখন ছোট।তোমায় শুধু এটুকুই জানানো হয়ে
ছিল যে তোমার বাবা একটি দুর্ঘটনায় মারা গেছে। আমার তখন
দিশাহারা অবস্থা। নারায়নপুরের লোকজন তখন আমাদের নি

য়ে বিভিন্ন রকম ভালো খারাপ কথা বলা শুরু করে দিয়েছে। এই পরিস্থিতিতে তোমার মামার কথামতো আমরা নারায়নপুর ছেড়েকোলকাতায় চলে আসি।তোমার মামার সুপারিশে আমি একটি স্কুলে শিক্ষকতার কাজ পাই।পরে আস্তে আস্তে নারায়নপুরের বাড়ি জায়গা আমি বিক্রি করে দি।তিল তিল তোমায় বড়ো করে তুলি।

এইবার তুমি বুঝতে পারছো বুবাই কেন আমার জীবনে ফুটবল একটা অভিশাপ। কেন আমি ফুটবলকে ভয় পাই। এই একটা খেলা আমার জীবনের সবচেয়ে দামী সম্পদ এবং দামী সময়টা কেড়ে নিয়েছে। '....

এক নিঃশ্বাসে কথাগুলো বলে থামলেন নীলিমাদেবী।

বিস্ময়াবিষ্ট ভাবে এতক্ষণ পুরো ঘটনা শুনছিল বুবাই। নীলিমাদেবী চুপ করলে বুবাই কাছে আসে মায়ের।কোলে মাথা দিয়ে অস্ফুটে বলে ওঠে -
যে ফুটবল তোমার সব কেড়ে নিয়েছে মা, একদিন সেই ফুটবল ই তোমায় সব ফিরিয়ে দেবে।

বারো বছর আগের নিজের পরিবারের অজানা ইতিহাস জানার

পর দুদিন কেটে গেছে। কিন্তু বুবাইয়ের মন কিছুতেই শান্ত হচ্ছে না।ফুটবল খেলাটা মা তার মর্জির উপর ছেড়ে দিয়েছে।তবুও বুবাই শান্ত হতে পারছে না একটাই কারনে। কিছুতেই তার বাবার ওইভাবে মৃত্যু সে মেনে নিতে পারছে না।বারবার মনে হচ্ছে যে প্রকাশ্যে না হোক, মনে মনে সারা নারায়নপুর তথা পৃথিবীর লোকতার বাবাকে কি ফুটবলার স্বপন পালের খুনী হিসাবে মনে রাখবে?কিন্তু বুবাই জানে ফুটবলের মতো বডি কন্ট্যাক্ট গেমে অ্যাক্সিডেন্ট ঘটতেই পারে এবং কখনও কখনও তাতে মৃত্যু পর্যন্ত হতে পারে।তাতে কোন খেলোয়াড় খুনী হয়ে যায় না।মনের এই চূড়ান্ত ডামাডোল রীতিমতো অস্থির করে রেখেছিল বুবাইকে।

এমনিতে রাতের খাওয়া সে ১০টার মধ্যেই সেরে ফেলে।সেদিনও খাওয়ার পরে পিছনের ছোট্ট বারান্দায় এসে বসে বুবাই। কিছুক্ষণ হলো নীলিমাদেবী শুয়ে পড়েছেন।মোবাইল নিয়ে ঘাঁটাঘাঁটি করলেও মনটা তার সেই নারায়নপুরেই পড়ে ছিল।ঘটনাটা মনে পড়তেই নিজের মনেই সে অস্ফুটে বলে উঠলো-
কখনো নয়।আমার বাবা কখনো খুনী হতে পারে না।কখনো নয়।

তখনি বারান্দার পিছনের অন্ধকার কলতলা থেকে আওয়াজ ভেসে এলো বুবাইয়ের কানে।
- তুই ঠিকই বলছিস।আমি খেলোয়াড়। খুনী নই।

চমকে ওঠে বুবাই। কে? কে কথা বলে উঠলো।বারান্দার সামনের দিকে এগিয়ে যায় সে।কোন কথা না বললেও চারিদিকে সন্ধানী দৃষ্টি দেয় সে।কাউকে দেখতে না পেয়ে যখন ঘুরতে যাচ্ছে ঠিক তখনই আবার ওই অন্ধকার থেকে আওয়াজ ভেসে আসে।
- চলে যাচ্ছিস?

এবার চকিতে ঘোরে বুবাই। অন্ধকারের মধ্যে ছুঁড়ে দেয় জিজ্ঞাসা।
- কে ওখানে? সাহস থাকলে সামনে আসুন।

সামান্য গলা খাঁকড়ানির আওয়াজ ভেসে আসে এবার।
- আমি সামনে আসলে ভয় পাবি না তো?

বুবাই - না, আপনি সামনে আসুন।

অন্ধকারের দিকে একদৃষ্টিতে চেয়ে থাকে বুবাই। ধীরে ধীরে একটা অবয়ব তার সামনে পূর্ণাঙ্গ রূপ ধারন করতে লাগলো।অবাক বিস্ময়ে চেয়ে রইলো বুবাই। কিয়ৎক্ষনের মধ্যে সেই অবয়ব চেহারা নিল মৃত খোকন মিত্তিরের।

'বাআআবা'...
ভয়ে হোক বা বিস্ময়ে, বুবাইয়ের গলাটা যেন একটু কেঁপে উঠল। শরীরের লোমগুলো নিজের অজান্তেই খাড়া হয়ে উঠলো। সে

কি সত্যি দেখছে! তার বাবা তার সামনে দাঁড়িয়ে! কিন্তু কি করে সম্ভব? ১২ বছর আগে তো তিনি...
তবে কি স্বপ্ন দেখছে বুবাই? নাঃ,তাও তো অসম্ভব। সে তো এখন ও বারান্দায় দাঁড়িয়ে এবং সজাগ।তা হলে কি অশরীরী রূপ ধরে ই তার বাবা তার সামনে এসেছে। মনের কোনে একটু যেন ভয় লাগলো বুবাইয়ের।

সেটা আন্দাজ করে খোকন মিত্তির বলল -
ভয় পাস না বুবাই। প্রেতযোনী ইচ্ছে করলে জান্তব রূপ ধারন করতে পারে কারন তাদের দেহের উপাদান মানুষের দেহের ম তো কঠিন বস্তু নয়।

স্থান কাল পাত্র ভুলে বাবার দিকে এগিয়ে যেতে চায় বুবাই। কিন্তু বাধা দেয় খোকন।

-

ওখানেই দাঁড়া।আমার কাছে আসিস না।কোন লাভ নেই। আমা য তুই স্পর্শ করতে পারবি না।

চোখে জল চলে এলো বুবাইয়ের। এতোদিন পরে বাবাকে সামনে দেখেও সে কাছে যেতে পারছে না।দারুন অসহায়তায় সে বলল
- কেন বাবা কেন?
কেন আমি তোমায় একবার ছুঁতে পারবো না?

ঠোঁটের কোনে একটুকরো হাসি খেলে গেল খোকনের।

-

ওই যে বললাম আমরা আর কঠিন বস্তু নেই। এই প্রকৃতি থেকে উপাদান সংগ্রহ করে মানে তোদের বিজ্ঞানের ভাষায় যাকে এ ক্টোপ্লাজম বলে, তারই সাহায্যে তোর সামনে দৃশ্যমান আছি।

বারান্দার চেয়ারে বসে নিঃশব্দে কাঁদতে থাকে বুবাই। তাকে কাঁদ তে দেখে ম্লান হয়ে যায় খোকনের মুখটা।

-

কাঁদিস না বেটা।শোন, একটা বিশেষ প্রয়োজনে আমি এসেছি। এতদিন আসতে পারিনি কারন আমার সম্বন্ধে সেরকম কিছুই তু ই জানতিস না।কিন্তু এখন তোর মা তোকে সব বলেছে। শোন বেটা, যে অপবাদ নিয়ে আমার মৃত্যু হয়েছে, তোকেই সেই অপবাদ ঘুচাতে হবে।খেলার মাঠে তোকে প্রমান করতে হবে যে খোকন মিত্তির যেমন ফুটবলটা সঠিক ভাবেই খেলতো তেম নি তার ছেলেও তাই খেলে।আর প্রমান দিতে হবে তোকে সেই এ কই জায়গায় যেখানে ১২ বছর আগে তোর বাবার সন্মান একটি দুর্ঘটনায় নষ্ট হয়েছিল।

চকিতে মুখ তোলে বুবাই।
- মানে? কোথাকার কথা বলছো তুমি?

খোকন -

নারায়নপুর।আজ বারো বছর বাদে আবার সেখানে বসেছে ফুট বল টুর্নামেন্টের আসর।

চুপ করে থাকে বুবাই। কি বলবে বা কি উত্তর দেবে ঠিক মাথায় আসে না তার।ভারাক্রান্ত গলায় খোকন আবার বলল-
কি ভাবছিস বুবাই? একটা কথা মাথায় রাখিস। আজ এখানে যা ঘটছে বা তুই যা দেখছিস, তার সবই কিন্তু পূর্ব নির্ধারিত।উপরও য়ালা চেয়েছে বলেই আজ আমি তোর সামনে আসতে পেরেছি।

বুবাই -

কিন্তু বাবা, আমি নারায়নপুরে খেলতে গেলে মা রাজী হবে না। যে জায়গায় ওইরকম ঘটনা ঘটেছিল সেটা নিয়ে মার মনে কির কম ভয় চেপে বসে আছে তুমি নিশ্চয়ই বোঝো।

খোকন-

যেটা হবার সেটা অবশ্যই হবে।তুই কালকেই জানতে পারবি যে নারায়নপুরের টুর্নামেন্টে তোকে খেলতে যেতে হবে।এখন আ মি যাই।কাল আর একবার আসবো। তোকে কিছু কথা বলার জ ন্য।

অবাক হয়ে চেয়ে রইলো বুবাই। আস্তে আস্তে খোকনের অবয়ব হালকা কুয়াশার মতো মিলিয়ে গেল।

সারা রাত্রি মোটামুটি জেগেই কাটলো বুবাইয়ের। পরেরদিন ভোরে উঠে ঘরের ভিতর হালকা এক্সারসাইজ করার পরে কলেজের জন্য তৈরি হলো বুবাই। একটা জিনিস সে লক্ষ্য করলো যে সকাল থেকে মা তার সাথে কথা বলছে না।বেশ কয়েকবার সে চেষ্টা করলো কথা বলার কিন্তু সেটা মায়ের উপর কোন প্রভাব ফেলতে পারলো না।

কলেজে গিয়ে আর এক প্রস্থ অবাক হবার পালা বুবাইয়ের। তাদের টিমের কোচ প্রোফেসর গুপ্ত তাকে জানালো যে তার টিম একটি ফুটবল টুর্নামেন্টের ফাইনাল খেলতে যাচ্ছে আর সেই টিমে সে বুবাইকে অবশ্যই চায়।প্রসঙ্গত উল্লেখ্য যে কলেজের বাইরে গুপ্ত সাহেব 'ডেয়ার ১১ ' বলে একটি ফুটবল টিমকে স্পনসর করেন বিভিন্ন টুর্নামেন্টে খেলার জন্য। বুবাই সন্মতি দেওয়ার সাথেসাথে গুপ্ত স্যার তাকে জানালো যে পরেরদিন টিমের সাথে তাকে নারায়নপুর যেতে হবে কারন টুর্নামেন্টটি সেখানেই হবে।

সন্ধ্যা বেলায় ঠাকুরকে প্রদীপ দিয়ে চুপচাপ নিজের ঘরে এসে এ কটা বই খুলে বসলেন নীলিমাদেবী। মনটা একদমই ভালো নেই তার।বুবাইয়ের ফুটবল খেলা নিয়ে ভীষণ চিন্তিত তিনি।ভুলতে পারেন না কিছুতেই যে এই খেলা তার সংসার তছনছ করে দিয়ে

ছিল একদিন।সব পিছুটান পিছনে ফেলে ছেলেকে নিয়ে কোল কাতায় এসেও তার শেষ রক্ষা হলো না।বুবাই সেই ফুটবলকেই ভালোবাসে এবং গতকাল ১২ বছর আগের অভিশপ্ত দিনের ক থাও সে জেনে গেছে। কি করবে ঠিক বুঝতে পারছে না নীলিমা। ছেলেকে কি আটকাবে ফুটবল খেলা থেকে নাকি খেলতে দেবে ফুটবল!

ধীরে ধীরে ঘরের মধ্যে এসে দাঁড়ায় বুবাই।বইয়ের থেকে চোখ তু লে তার দিকে তাকান নীলিমা।এগিয়ে এসে মায়ের সামনে বসে বুবাই। দুইহাতে মায়ের দুইহাত ধরে বলে ওঠে -
বাবা খুনী ছিল না মা।বাবা ফুটবলার ছিল।খেলার মধ্যে দূর্ঘটনা ঘ টতেই পারে।না চাইতেও যে অপবাদ বাবার কপালে জুটেছে সে টা দূর করার দ্বায়িত্ব আমার।

চমকে বুবাইয়ের দিকে তাকায় নীলিমা।তীক্ষ্ম দৃষ্টিতে তাকিয়ে থা কে ছেলের দিকে।বলতে থাকে বুবাই।
-

আমি কাল বাবার কলঙ্কমোচন করতে যাচ্ছি মা।খেলায় আমি জিতবো কি হারবো জানি না কিন্তু নারায়নপুরের লোকেরা বল তে বাধ্য হবে যে খোকন মিত্তিরের ছেলে বাপের মতোন ফুটবল টা খেলতে জানে।

আর্তনাদ করে ওঠেন নীলিমাদেবী।

নাআআআ।নারায়নপুরে তুই যাবি না।ওখানে আমি সব হারিয়ে ছি।ওখানে তোকে আমি কিছুতেই যেতে দেব না।

থরথর করে কাঁপতে থাকেন নীলিমাদেবী। তাকে দুই হাতে ধরে শান্ত করে বুবাই।
- মা, মা, আমার কথা শোন।
যেতে আমাকে হবেই।অনেক দূর্ঘটনা ঘটে খেলার মাঠে।তার জন্য খেলাটা বন্ধ হয়ে যায় না।
আর আমি তোমায় কথা দিচ্ছি যে এই ম্যাচটার পরে যদি তুমি না চাও, আমি কোনদিন ফুটবলে পা দেব না।কিন্তু কালকের ম্যাচ আমায় খেলতেই হবে।

দুচোখ বন্ধ করে বুবাইকে জড়িয়ে ধরেন নীলিমাদেবী। ভিতরের সমস্ত দুঃখ, আক্ষেপ, হতাশা বেরিয়ে আসে কান্নার স্রোত হয়ে।

নারায়নপুর হাইস্কুলের ফুটবল মাঠ।কয়েকশো লোকের কোলাহলে আজ মাঠ জমজমাট।
মনিমালা স্মৃতি চ্যালেঞ্জ কাপের ফাইনাল ম্যাচে মুখোমুখি কোলকাতার ডেয়ার একাদশ ও নারায়নপুরের ফাইটার ইলেভেন।
এলাকার লোকের আরও উৎসাহের কারন এই যে ডেয়ার একাদ

শে রয়েছে এই নারায়নপুরের‍ ই একসময়ের ফুটবল খেলোয়াড় খোকন মিত্তিরের ছেলে বুবাই ওরফে স্বাক্ষর। কোলকাতায় ইউ নিভার্সিটি লেভেলে ইতিমধ্যেই সাড়া ফেলেছে স্বাক্ষর। বাবার ম তোই সে ডিফেন্সে খেলে।অনেকেই বলাবলি করছে যে কিছুদি নের মধ্যেই স্বাক্ষর জুনিয়র বেঙ্গল টিমে জায়গা করে নেবে।মা ঠে আজঅজস্র দর্শকের মধ্যে রয়েছে স্বাক্ষরের মা নীলিমাদেবী ও।

এলাকার বিধায়কের সংক্ষিপ্ত ভাষনের পরেই শুরু হয়ে গেল ম্যা চ।মাঠে নামতেই বুবাই অনুভব করলো এক আলাদা উন্মাদনা। এই মাঠে সে ছোটবেলায় পা দিয়েছে। এই মাঠে তার বাবা খেলে ছে একসময় আর এই মাঠেই তার বাবার হাতে অনিচ্ছাকৃত ভা বে ঘটে গেছিল এক দূর্ঘটনা।

কিন্তু আজ কোন দূর্ঘটনা ঘটতে দেবে না বুবাই। সুস্থ, পরিচ্ছন্ন, নিঁখুত ফুটবল খেলে বুঝিয়ে দেবে সে যে খোকন মিত্তিরের মতো ই আদর্শ ডিফেন্ডার সে।ডেয়ার একাদশে সে নতুন।যার জায়গা য় সে খেলছে, তার অভাবও সে বুঝতে দেবে না এটাই তার চ্যা লেঞ্জ।

খেলা শুরু হতে দেখা গেল যে বুবাই যেন আজ এক্সট্রা হৃদপিণ্ড নিয়ে খেলতে নেমেছে। অফুরন্ত দম, বলের কাছে ঠিক সময়ে পৌঁছানো, নিঁখুত ট্যাকেল, ডিফেন্স থেকে বল ডিসট্রিবিউশন...

একা যেন দাপিয়ে বেড়াতে লাগলো বুবাই।

বুবাইয়ের এই অসামান্য এফোর্টের পরেও ফাইটারের খেলোয়া রেরা বারেবারে ডেয়ার একাদশের গোলমুখ খুলে ফেলতে লাগ লো।বুবাই সেন্ট্রাল ডিফেন্স সামলালেও তার দুই সাইড ব্যাক আ আত্মবিশ্বাসের অভাবে মাঝে মাঝেই খেই হারিয়ে ফেলছিল।এরিম ধ্যে বিরতির বাঁশি বাজলো।

ডেয়ার একাদশের তাবুতে চুপচাপ বসে বুবাই তখন ভাবছে যে আর কতক্ষণ একা এই ডিফেন্সকে সুরক্ষিত রাখতে পারবে সে! একটা গোল করা খুবই দরকার।সে কি চেষ্টা করবে? মোবাইল ফুটবল গেমের স্ট্রাটেজি মনে পড়লো তার।সেই সাথে মনে পড় লো গতকাল রাতে দ্বিতীয় বার তার সামনে এসে তার বাবা যা ব লেছিল।

-

 মনে রাখবি বুবাই। পেনাল্টি বক্সের ওই ২২ গজ তোর এলাকা। ওখানে বিপক্ষের কাউকে অ্যালাউ করবি না।যখন দেখবি অ পোনেন্টের পাল্লা ভারি আর তুই একা, তখন ওই এরিয়া থেকে ব লকে সরিয়ে দেওয়াই তোর কাজ।

বুবাই - আচ্ছা বাবা, আমাদের আক্রমণে কি আমি উঠবো?

খোকন -

না। তুই সেন্ট্রাল ডিফেন্সের খেলোয়ার।জায়গা ফাঁকা করবি না। তবে সেটপিসে উঠবি।প্রতিপক্ষকে বুঝতে না দিয়ে।

কোচের ডাকে সম্বিত ফিরলো বুবাইয়ের। চোয়াল শক্ত করে উঠে দাঁড়ালো সে।

শুরু হলো দ্বিতীয়ার্ধের খেলা।আক্রমণের ঢেউ তুললো ফাইটার ইলেভেন। যতো ফাইটারের খেলোয়ারেরা ডেয়ার একাদশের গোলমুখে একের পর এক গোলাবর্ষণ করতে লাগলো ততই মাঠে নিজের ছায়া বড়ো, আরও বড়ো করতে লাগলো বুবাই। ডেয়ারের গোলমুখে তখন শুধু গোলকিপার নয়, বুবাইয়ের অদৃশ্য ছায়াও যেন দাঁড়িয়ে গেছে। ক্রমশ হতাশা যেন গ্রাস করতে লাগলো ফাইটারেরখেলোয়াড়দের। এই সময় একটি প্রতি আক্রমনে একটি কর্নার আদায় করলো ডেয়ার একাদশ। ডেয়ারের প্রতীক বাঁ পায়ে বাঁক খাইয়ে বলটি তুলল বিপক্ষের পেনাল্টি বক্সে। ডিপ করে বলটি যখন নামছে সেই সময় বাইরে থেকে ছিটকে ঢুকলো আনমার্কড বুবাই। নিঁখুত উচ্চতায় লাফিয়ে কানেক্ট করলো বলটিকে।জড়িয়ে দিল ফাইটারের জালে।

ইনজুরি টাইমের শেষ মিনিটের খেলা চলছিল তখন।সহখেলোয়ারদের আলিঙ্গনের মাঝেই বুবাই শুনতে পেলো রেফারির লম্বা বাঁশির আওয়াজ।

জিতেছে বুবাই। শুধু ম্যাচ নয়, জিতে নিয়েছে নারায়নপুরের হৃদ

য়ও।সার মাঠ জুড়ে শুধু তারই জয়ধ্বনি।প্রয়াত স্বপন পালের না মঞ্চিত সেরা খেলোয়ারের ম্যান অব দ্য ম্যাচ পুরস্কার বুবাইয়ের হাতে তুলে দিল স্বপন পালের ১৯ বছর বয়সী ছেলে আগুন পাল ।জড়িয়ে ধরলো সে বুবাইকে। বললো শুধু একটাই কথা।

১২ বছর আগে ওটা অ্যাক্সিডেন্ট ছিল স্বাক্ষর। কিন্তু আজকের দিনটা মেমোরেবল হয়ে থাকলো আমার কাছেও।

স্বাক্ষর অথবা বুবাইয়ের চোখে তখন জল।আকাশের দিকে তাকিয়ে দেখতে পেল মেঘের মাঝে এক অস্পষ্ট ছবি।
এক ডিফেন্ডারের, শূন্যে উঠেছে হেড করতে, নিখুত এবং নিয়ন্ত্রিত......

বড়দিন

' গো ব্যাক ডেভিড ', ' গো ব্যাক ডেভিড ', 'উই ওয়ান্ট ফিট প্লেয়া র ', ' নট লাইক ইউ'.. ডেভিড ইজ আ চিটার.. হি ইজ আ চিটার..
..

নোওওওওওওওওও.....
চিৎকার করে বিছানায় উঠে বসলো ডেভিড রায়ান।উফ্, আবার সেই স্বপ্ন। গত একমাস ধরে যখনই একটু শান্তির ঘুম চেয়েছে সে তখনই এই সমবেত ধিক্কার ধ্বনি তাকে ঘুমোতে দেয়নি।বিছা না থেকে উঠে ডাইনিং টেবিলের কাছে গেল ডেভিড। ঢকঢক ক রে একগ্লাস জল খেয়ে চেয়ারে বসল সে।মুখ তুলে তাকালো সা মনে দেয়ালে ঝোলানো একটা লার্জ ফটো ফ্রেমের দিকে। নিশ্চু

তিরাতের নাইট ল্যাম্পের আলোয় ওই বিশাল ফটোটা যেন চকচ
ক করছে উজ্জ্বলতায়।ডেভিডেরই ফটো ওটা।বিপক্ষের গোলে
র সামনে শট মারার ভঙ্গিতে ডেভিড। তারই এক ভক্ত ফ্রেমে বাঁ
ধিয়ে ফটোটা প্রেজেন্ট করেছিল।ওই ফটোর গোলটা ডেভিড
কোনদিন ভুলতে পারবে না।কোলকাতার ক্লাবে খেলতে আসার
পর বড় ম্যাচে তার প্রথম গোল।এই গোল তার কেরিয়ার বদলে
দিয়েছিল।তার গোলে ব্রাদার্স ইউনিয়ন ম্যাচ জেতার পর সদস্য
সমর্থকদের কাছে এক লহমায় হিরো হয়ে গেছিল সে।ডেভিড
কে সাদরে বরন করে নেয় ব্রাদার্সের অগুনতি সমর্থক।তারপর
থেকে বড়ো ম্যাচ আর ডেভিডের গোল করা... এই দুটি যেন স
মার্থক হয়ে গেছিল।

কিন্তু জীবন সবসময় সোজা পথে চলে না।কিছু পথ চলার পর
আসে হয়ত জটিল কোন বাঁক।তিন তিনটি বছর সাফল্যের তু
ঙ্গে অধিষ্ঠান করে ডেভিড রায়ান।একের পর এক ট্রফিতে ব্রাদা
র্সের নাম খোদাই করে সে।ব্রাদার্সের সর্বকালীন সেরা বিদেশী ব
লে চিন্হিত করা হতে লাগলো তাকে।সমর্থকরাও পাগোল ছিল
ডেভিডের জন্য। পুরুষ ভক্তের পাশাপাশি প্রচুর মহিলা ভক্তও
ছিল সুন্দরসুপুরুষ ডেভিডের।তাদেরই একজন ছিল বাংলা সিনে
মা জগতের জনপ্রিয় অভিনেত্রী ঝিলমিল সেন।একটি পুরষ্কার
বিতরণী অনুষ্ঠানে প্রধান অতিথি হয়ে আসা ডেভিডের সাথে প
রিচয় হয় ঝিলমিলের।

পরিচয়, বন্ধুত্ব এবং তারপর প্রেম।নক্ষত্র জগতের দুই তারকা প্রেমের বন্ধনে আবদ্ধ হবার কিছুদিনের মধ্যেই বিবাহবন্ধনে বাঁধা পড়ে যান।জনপ্রিয় ফুটবল তারকা ডেভিডের সাথে রুপালি জগতের সোনালি নায়িকা ঝিলমিলের প্রেম ও বিয়ে ওই সময়ে টক অব দা টাউন হয়ে উঠেছিল। মসৃন গতিতে এগিয়ে চলা ডেভিডের জীবনে প্রথম ধাক্কাটা আসে তখন যখন ঝিলমিল তাদের প্রথমসন্তানকে জন্ম দিতে অসম্মতি প্রকাশ করে।স্বামী স্ত্রীর মধ্যে এই বিষয় নিয়ে বিবাদ ক্রমশঃ বাড়তে থাকে এবং সেটা মিডিয়ার মুখরোচক খাদ্যবস্তুতে পরিনত হয়।শেষ পর্যন্ত ঝিলমিল সন্তানের জন্য দেয় ঠিকই কিন্তু জন্ম দেবার কিছুদিনের মধ্যেই তার ছোট্ট কোলের শিশুকে ডেভিডের কাছে রেখে নিজের বাবা মার কাছে ফিরে যায়।ফিরে যায় নিজের লাইট ক্যামেরা অ্যাকশনের জগতে।

মাথায় যেন আকাশ ভেঙে পড়ে ডেভিডের।কি করবে সে এখন! একদিকে তুঙ্গে থাকা ফুটবল কেরিয়ার আবার অন্যদিকে কোলের শিশুর লালনপালন। একবার ভেবেছিল যে লন্ডন ফিরে গিয়ে নিজের ফ্যামিলি বিজনেসে মনোনিবেশ করবে কিন্তু স্টারডমের স্পর্শ যে একবার পেয়েছে সে কি হেলায় তা সরিয়ে দিতে পারে! পারে না আর ডেভিডও পারলো না।ইন্ডিয়ান তথা কলকাতাফুটবলের সে স্টার।তার খেলা দেখতে লোকে স্টেডিয়াম ভরিয়ে দেয়।তার প্রাকটিস দেখার জন্য ক্লাবের ভিতর ভিড় লেগে যা

য়।তাই কোলকাতাতেই থেকে গেল সে।

কিছুদিন পরে তার জীবনে এল দ্বিতীয় আঘাত যখন তার ছয় মা সের কন্যাসন্তান ডেঙ্গুতে আক্রান্ত হয়ে প্রান হারায়। ঝিলমিলের সাথে বিচ্ছেদ ডেভিড বুকে পাথর চাপা দিয়ে সহ্য করে নিয়েছিল কারন সত্যিই সে ঝিলমিলকে মন থেকে ভালবাসত।কিন্তু ছোট্ট শিশু মিলিশার অকাল মৃত্যু ডেভিডকে মানসিকভাবে পুরোপুরি ভেঙে দিল।ভাঙা বিপর্যস্ত মন নিয়ে ডেভিড আশ্রয় নিল নেশার।ভয়ংকর ড্রাগ ধীরে ধীরে গ্রাস করতে লাগল তাকে।প্রাকটিসে অনিয়মিত হতে লাগল ডেভিড। প্রভাব পড়তে লাগল পারফরমেন্সে।টনক নড়ল ব্রাদার্সের কর্মকর্তাদের।তাদের নয় নের মনির একি অবস্থা!

নীরেন দে হলেন ব্রাদার্সের সর্বময় কর্তাদের একজন।ডেভিড রায়ানকে তিনিই কোলকাতায় নিয়ে আসেন।কোলকাতায় ডেভিডের ফ্রেন্ড ফিলোজফার গাইড - সবই ছিলেন নীরেন দে। ব্রাদার্সে ডেভিডের উত্থান, অভিনেত্রীর সাথে অ্যাফেয়ার,বিয়ে, সন্তানবিয়োগ.. সব কিছুরই নীরব সাক্ষী ছিলেন নীরেন বাবু।কারও পার্সোনাল লাইফে ইন্টারফেয়ার করা তিনি পছন্দ করতেন না।কিন্তু নেশার কবলে পড়ে ডেভিডের মতো একজন প্রতিভা নষ্ট হয়ে যেতে বসেছে এটা তিনি মেনে নিতে পারলেন না।মাঠে তার খারাপ পারফরমেন্স, ফিটনেসের অভাব এবং সর্বোপরি দর্শকদেরবিদ্রুপ নীরেন বাবুকে ব্যাথিত করে তুলল।তিনি নিজে কথা

বললেন ডেভিডের সাথে। অনেক বোঝানোর চেষ্টা করলেন।সুস্থ জীবনে ফিরিয়ে আনার জন্য ডেভিডকে ডাক্তারের কাছে নিয়ে গিয়ে কাউন্সেলিং ও করালেন।কিছুদিন সব ঠিকঠাক চললো। ডেভিড প্রাকটিসে নিয়মিত আসা শুরু করলোপ্রতিযোগিতামূলক ম্যাচে নামাও শুরু হলো আবার।কিন্তু কিছুদিন যেতেই আবার যে কে সেইঘটনা। সেই নেশা..সেই রাত জাগা. প্রাকটিসে কামাই.. পুনরাবৃত্তি শুরু হলো।প্রভাব পড়লো ম্যাচে।ডেভিড গোল করা ভুলতে লাগলো। মাথা গরম করতে লাগলো খেলা এবং খেলার বাইরে। ব্রাদার্স পিছিয়ে পড়তে লাগলো লীগের লড়াইয়ে। ডেভিডকে মাঠে দেখলেই দর্শকরা ব্যঙ্গবিদ্রুপ এ ভরিয়ে দিতে লাগলো।যে একসময় সমর্থকদের নয়নের মনি ছিল সেই হয়ে উঠল চোখের বালি।টিমম্যানেজমেন্টও সমস্ত ঘটনায় হতাশ হয়ে ডেভিডকে বাতিলের খাতায় ফেলে দিল।এমনকি তলে তলে তারা ডেভিডকে পরের মরসুমে আর ব্রাদার্সে রাখবে না এই সিদ্ধান্তও নিয়ে নিল।নীরেনবাবু টিম ম্যানেজমেন্টকে অনেক বুঝিয়েও তাদের মত বদলাতে পারলেন না।অত্যন্ত হতাশ হয়ে নীরেনবাবু সেদিন ক্লাব মিটিংয়ের পরে ডেভিডের ফ্ল্যাটে এলেন। ডেভিড ফ্ল্যাটের দরজাটা খুলেই একটু অপ্রস্তত হয়ে গেল।কারন তার একহাতে ধরা গ্লাসভর্তি মদ আর মুখে জ্বলন্ত সিগারেট... এদিকে দরজার বাইরে দাঁড়িয়ে নীরেন দে।
অপ্রস্তুত ডেভিডকে সরিয়ে ভিতরে ঢুকলেন নীরেনবাবু।সোফায় বসে নিজেও একটা সিগারেট ধরালেন।ততক্ষনে ডেভিড এসে

উল্টোদিকের সোফায় বসেছে। সিগারেটে একটা টান দিয়ে এক মুখ ধোঁয়া ছেড়ে নীরেনবাবু বললেন- কবে ফিরছ লন্ডন?

মাথা নীচু করে বসেছিল ডেভিড। চকিতে মুখ তুলে বলল- হোয়াই? লন্ডন যাবো কেন?

নীরেন-

তাহলে কোথায় যাবে? তোমার এখানে থাকার মেয়াদ আর কত দিন ডেভিড?

ডেভিড উদাসীন দৃষ্টিতে চেয়ে রইলো নীরেনের দিকে। নীরেন তার পূর্বকথার রেশ টেনে বলতে লাগলো -

তোমার যা পারফরমেন্স তাতে ব্রাদার্স তোমায় সামনের সিজনে টীমে রাখবে না। ফিজিক্যালি তোমার যা কন্ডিশন তাতে ভারতের কোন টিম তোমায় নেবে না। এক্সপেনসিভ নেশা করতে করতে তোমার ফিনান্সিয়াল কন্ডিশন ও পুওর। মার্কেটে এখনি তোমার বেশ কিছু টাকা ধার। পাওনাদাররা প্রায়ই ক্লাবে হানা দিচ্ছে তোমার খোঁজে। এই রকম পরিস্থিতিতে লন্ডন ফিরে যাওয়া ছাড়া তোমার সামনে আর কোন রাস্তা খোলা আছে কি?

ডেভিড - বাট...বাট নীরেনদা... আমি মানে... তোমাকে ঠিক..

নীরেন-

কি বাট বাট করছো তুমি? শেম অন ইউ ডেভিড। কি অবস্থা করেছো নিজের? আপস এন্ড ডাউন প্রত্যেকের লাইফে থাকে। অনেক মানুষ আছে তোমার থেকেও বেশী মর্মান্তিক ঘটনার মুখোমুখি হয়েছে কিন্তু তারা তোমার মতো লাইফ থেকে পালিয়ে যায়

নি।ফাইট করেছে টিল দা এন্ড।কিন্তু তুমি.. সরি টু সে মিঃ ডেভিড রায়ান,তুমি জীবনকে পিঠ দেখিয়ে পালাচ্ছো।

দুই হাতে নিজের মুখ ঢেকে ছেলেমানুষের মতো কেঁদে ওঠে ডেভিড। সোফা থেকে উঠে তার কাছে যায় নীরেন।পরম স্নেহে তার মাথায় হাত বুলিয়ে বলে ওঠে -

কেন ডেভিড কেন? নিজেকে এভাবে শেষ করছো কেন? ডেভিড -

আমি যে থাকতে পারছি না নীরেনদা।আই লাভ ঝিলমিল সো মাচ।সে চলে গেল।বাট মিলিশা... ওই ফুলের মতো শিশুটি কি দোষ করেছিল বলুন? গড ওকেও কেড়ে নিল।আমি যে ওর মধ্যে আমার ঝিলমিলকে দেখতাম।আমি রাতে চোখ বন্ধ করতে পারিনা জানেন! বন্ধ করলেই মিলিশার ওই নিস্পাপ চেহারা আমার চোখে ভাসে।জানেন নীরেনদা তারপর সেই চেহারা আস্তে আস্তে বদলে ঝিলমিল এর মতো হয়ে যায়।একদিকে শুনতে পাই সমর্থকদের চিৎকার ' গো ব্যাক ডেভিড ' আর একদিকে মিলিশা,ঝিলমিল... উফ্ আমার নিজেকে পাগল মনে হয় তখন।আমি পারিনা তখন স্থির থাকতে।ওই ড্রাগস তখন আমায় স্বস্তি দেয়।ভুলিয়ে দেয় সব।

একটা দীর্ঘশ্বাস ছেড়ে নীরেন বলে-

আই আন্ডারস্ট্যান্ড মাই বয়।কিন্তু তুমি তো একজন প্লেয়ার। তোমার জবাব তো হবে মাঠে। সমস্ত অন্যায় দুঃখ ক্ষোভ যন্ত্রনা -

তোমার খেলায় পুঞ্জীভুত করে বিপক্ষকে তছনছ করে দিলে ত বেই তো তোমার জিত।

ডেভিড -

না না নীরেনদা। মাঠে আর নামতে পারবো না।কি জন্য নামবো বলুন। যাদের জন্য খেলতাম,যাদের জন্য জীবনে কিছু করে দে খাবার তাগিদ ছিল তারাই তো কেউ আমার সাথে নেই।

নীরেন-

আর আমরা? আমরা কেউ নই? ব্রাদার্সের অগুনতি সমর্থকরা নেই তোমার পাশে? তাদের প্রতি, ক্লাবের প্রতি কি তোমার কোন দায়বদ্ধতা নেই? মনে রেখো মরসুমের পুরো টাকা ক্লাব কিন্তু তোমায় শুরুতেই দিয়ে দিয়েছে।

ডেভিড -

জানি জানি নীরেনদা।কিন্তু সমর্থকদের কাছে আমি এখন অতী ত হয়ে গেছি।

একটু হাসলেন ডেভিড। পুনরায় গিয়ে বসলেন নিজের জায়গায় ।আরেকটি সিগারেটে অগ্নিসংযোগ করলেন।

-

ডেভিড আজ হয়তো দর্শক বা সমর্থকরা তোমায় বিদ্রুপ করছে বা ব্যারাকিং করছে বাট এটা যেনো যে একসময় এরাই তোমায় মাথায় তুলে নাচত।তোমার নামে জয়ধ্বনি দিত।ইচ্ছে করে না তোমার আবার সেই জায়গাটা ফিরে পেতে?

সোফায় মাথাটা হেলিয়ে দিয়ে ডেভিড বলে-

আই অ্যাম ফিনিশড।আর কি হবে ওই জায়গা ফিরে পেয়ে! জা য়গাটা ফিরে পেলেও যা হারিয়েছি তা তো আর ফিরে পাবো না। নীরেন-

এই দুনিয়ায় কোন কিছুই স্ট্যাটিক নয় ডেভিড। সময়ের সাথে সব পাল্টে যায়।তুমি নিজেই হয়তো জানো না যে কাল তোমার জন্য কি অপেক্ষা করছে।

চুপ করে থাকে ডেভিড।নীরেনের কেন জানিনা মনে হতে থা কে যে হয়তো তার কথাগুলো ডেভিডের মনে রেখাপাত করছে। তার মনে আশা জাগে যে হয়তো ডেভিড ফিরে আসতে পারবে আগের জায়গায়।সিগারেটটা অ্যাসট্রেতে গুঁজে উঠে দাঁড়ান তি নি।

-

শোন ডেভিড। ক্লাব লাস্ট তিনটে ম্যাচ জিততে পারেনি।স্পো টিং এর থেকে আমরা পাক্কা ৬ পয়েন্ট পিছিয়ে আছি। রিটার্ন লী গ শুরু হতে এক সপ্তাহ বাকি।যদি ক্লাবকে কিছু ফিরিয়ে দিতে চাও তো এটাই তোমার সুযোগ। টিম ম্যানেজমেন্ট তোমায় আর খেলাতে চায় না কিন্তু আমি রিকোয়েস্ট করলে হয়তো তোমায় সুযোগ দেবে।আমি তোমায় কলকাতায় নিয়ে এসছিলাম।আর কারওকথা ভেবে না হোক অন্তত আমার কথা ভেবে নিজেকে ফিট করে তোলো।নেশাটা বন্ধ করো আর কাল থেকেই সকালে প্রাকটিসে আসা শুরু করো।তোমার হাতে সময় কিন্তু বেশী নেই । লীগের লাস্ট খেলা স্পোর্টিং এর সাথে ২৪ ডিসেম্বর। আমি তো

মায় কথা দিচ্ছি যে ২৪ ডিসেম্বরে রাতের লন্ডনের ফ্লাইটের টি কিট তোমার হাতে আমি তুলে দেব।এবারে নয় ক্রিসমাসটা লন্ডনেই কাটাও।শুধু ২৪ তারিখ বড় ম্যাচটা খেলে প্রমান করে দাও যে নীরেন দে এতদিন ভুষি মালের পিছনে সময় নষ্ট করেনি। সকালে প্রাকটিসে তোমার সাথে দেখা হবে।গুড নাইট।

সশব্দে দরজাটা বাইরে দিয়ে বন্ধ করে বেরিয়ে যায় নীরেন।সোফায় স্তব্ধ হয়ে বসে থাকে ডেভিড। নীরেনদার কথাগুলো অন্তর থেকে যেন তাকে নাড়িয়ে দিয়েছে। ফিরবে সে।করবে সে কাম ব্যাক রিটার্ন লীগে।দেখিয়ে দেবে সবাইকে যে ডেভিড রায়ান ফুটবল ভুলে যায়নি।২৪ তারিখ বড় ম্যাচ খেলেই সে দেশে ফিরবে।এই হৃদয়হীন শহর ছেড়ে সে লন্ডনেই ফিরবে বাবা মার কাছে। এবারেরক্রিসমাস ওখানেই মানাবে।

সকাল ৭.৩০ টা... ডিসেম্বরের ঠান্ডা ভালোই কামড় বসিয়েছে কোলকাতার বুকে।

ময়দানের উন্মুক্ত প্রান্তরে ঠান্ডার আমেজ গায়ে মেখে প্রাতঃ ভ্রমনকারীদের ইতিউতি ভিড়।ময়দানের আরেক কোনে ব্রাদার্সের টেন্টে সকালের প্রাকটিস সবে শুরু হয়েছে। প্রবীন হেড কোচ কমল দত্তের প্রশিক্ষনে খেলোয়াড়েরা হালকা অনুশীলন ব্যস্ত। প্রথম লিগের খেলা শেষ হয়েছে।চিরপ্রতিদ্বন্দী স্পোর্টিং এর থেকে পাক্কা ৬ পয়েন্ট পিছনে রয়েছে তারা।স্পোর্টিং যেখানে ৯

ম্যাচে ৭টা জয় আর ২টো ড্র সমেত ২৩ পয়েন্টে শীর্ষস্থানে আ
ছে সেখানে ব্রাদার্স ৯ ম্যাচে ৫টা জয় ২টো ড্র আর ২টো হার স
মেত ১৭ পয়েন্টে ৩ নম্বরে রয়েছে। কমল দত্ত ভালোই জানেন
রিটার্ন লীগে ভালো পারফরমেন্স না হলে ক্লাবকর্তা ও সমর্থকরা
তাকে ছেড়ে কথা বলবে না।তাকে আরও চিন্তায় ফেলেছে তার
বিদেশী খেলোয়াড়েরা। ব্রাদার্সের তিন বিদেশীর মধ্যে দুজনের
পারফরমেন্স খুবইখারাপ। অবশিষ্ট বিদেশী ডেভিড রায়ান তো
ফুটবল খেলাই ভুলতে বসেছে। লীগের মাঝপথে নতুন বিদেশীও
তিনি রিক্রুট করতে পারছেন না।ক্লাবকর্তাদের পরিস্কার তিনি
বলে দিয়েছেন যে লীগের পরেই তারা যেন ডেভিডকে রিলিজ
করে অন্য বিদেশী রিক্রুট করে।দুষ্ট গোরুর চেয়ে শূন্য গোয়াল
তার কাছে অনেক ভালো।আজ সাতদিন হয়ে গেল ডেভিড ক্লা
বেই আসে না।

ফোন করলেও ফোন ধরেনা।ফ্ল্যাটে লোক পাঠালেও অপমান ক
রে তাড়িয়ে দেয়।কমল দত্ত ভাবলেন যে সচিবকে বলে একটা
শো কজের চিঠি পাঠাবেন ডেভিডকে।তার চিন্তাসূত্র ছিন্ন হলো
টিম ক্যাপ্টেন অলোকের ডাকে।
- কমলদা,ওই দেখুন কে আসছে?
কমল দত্ত দেখলেন যে ব্রাদার্সের গেট দিয়ে ঢুকে দুলকি চালে
মাঠের দিকে এগিয়ে আসছেন ডেভিড রায়ান।চোয়ালটা শক্ত হ
য়ে গেল তার।নেশাখোরটা আজ হঠাৎ ক্লাব তাবুতে কি মনে ক
রে এসেছে।ধীরে ধীরে এসে কমল দত্তের সামনে দাঁড়ায় ডেভিড।

পিঠের কিটসব্যাগটা আলসে ভরে মাঠে নামিয়ে আড়মোড়া ভাঙতে ভাঙতে বলে-

হাই কোচ! গুড মর্নিং।শুরু হয়ে গেছে প্রাকটিস?

তারপর মাঠের চারিদিকে চোখটা ঘুরিয়ে নিয়ে আবার বলে-

ওঃ, আই অ্যাম লিটল লেট টুডে। সরি ফর দ্যাট।কাল থেকে আর লেট হবে না।

রাগে কপালের শিরাটা দপদপ করে উঠল কমল দত্তের। আজ সাতদিন পরে হঠাৎ প্রাকটিসে এসে এই উশৃঙ্খল বেয়াদব নেশাখোর বিদেশী বলছে যে কাল থেকে আর লেট হবে না!

কমল দত্ত লক্ষ্য করলেন যে ডেভিড ইতিমধ্যে জার্সি পড়ে ফেলেছে এবং জুতো পায়ে গলিয়ে ফিতেটা বাঁধছে। বক্রদৃষ্টিতে সেদিকে তাকিয়ে কমল দত্ত চিবিয়ে চিবিয়ে বললেন -

কিন্তু এখন তো তোমার প্র্যাকটিসে নামা হবে না ডেভিড।

ফিতেটা বেঁধে নিয়ে কমলবাবুর কাছে এগিয়ে এল ডেভিড। শান্ত স্বরে বলল-

কোচ,আই নো যে আমি লাস্ট কয়েকমাস ইনডিসিপ্লিন ওয়েতে চলেছি যার জন্য ক্লাবের অনেক প্রবলেম হয়েছে বাট বিলিভ মি, আমি সব অন্ধকার পিছনে ফেলে আবার সামনে এগিয়ে যেতে এসেছি।প্লিজ হেল্প মি।

মাঠের সবুজ ঘাসের দিকে আঙুল দেখিয়ে আবার বলল ডেভিড -

ওই ওই মাঠ আমার জায়গা।ওখানে যেতে পারলেই আমি সব ভু

লতে পারব।

মাথা নেড়ে কমল বললেন-

 সব কিছুরই একটা নিয়ম আছে ডেভিড। ক্লাবের ডিসিপ্লিনারি কমিটির কাছে তোমায় জবাবদিহি করতে হবে।তারা যদি মনে করে তাহলে তুমি প্র্যাকটিসে নামতে পারবে।

ডেভিড অস্থিরভাবে বলে উঠল-

 করব, আমি নিশ্চয়ই সব করব কিন্তু কোচ এই মুহূর্তে আমরা লীগে বেশ পিছিয়ে গেছি। রিটার্ন লীগ শুরু হতে আর ৭ দিন বা কি।আমায় তার মধ্য ফিট হতে হবে। আগের কন্ডিশনে ফিরে আসতে হবে।

শক্ত গলায় কমল এবার বলল-

 ক্লাবের জন্য দরদ এখন দেখছি তোমার উথলে উঠছে কিন্তু ক্লা ব সচিব বল্টুদার অনুমতি না পেলে আমি তোমায় মাঠে নামতে দিতে পারি না।

' বল্টুদার থেকে পারমিশন আমি এনে দেব কমল।তুমি ডেভিড কে প্র্যাকটিসে নামতে দাও'

চমকে তাকালেন কমল দত্ত বক্তার দিকে।আশ্চর্য হয়ে গেলেন এত সকালে ক্লাব প্রাঙ্গনে নীরেন দেকে দেখে।

কমল- কিন্তু নীরেনদা আপনি তো সবই জানেন।এরপরেও...

নীরেন-

এরপরেও বলছি কমল কারন ডেভিডের যেমন এই ক্লাবকে প্র য়োজন তেমনি ক্লাবেরও ডেভিডের মতো খেলোয়ারকে প্রয়োজ

ন।আর তাছাড়া ও একটা ক্রাইসিস কাটিয়ে ওঠার চেষ্টা করছে। সো প্লিজ ওকে হেল্প করো।আমি বল্টুদার সাথে কথা বলে নেব।
একটা দীর্ঘশ্বাস ফেলে কমল বললেন-
ঠিক আছে নীরেনদা।ও করুক প্র্যাকটিস।
নীরেন দে ডেভিডের দিকে তাকিয়ে একটা অর্থবোধক হাসি দিয়ে বেরিয়ে যাচ্ছিলেন তখনই কমল দত্ত বলে উঠলেন-
নীরেনদা, আপনি কি এখন নার্সিং হোম যাচ্ছেন? আপনার রিলেটিভ এখন কেমন আছে?
শুকনো হাসি হেসে নীরেন দে বললেন - হ্যাঁ ঠিকই আছে।
এগিয়ে এল ডেভিড। নীরেনের হাত ধরে বলল-
থ্যাঙ্কস নীরেনদা।তুমি না বললে হয়তো কোচ আমায়...
তাকে থামিয়ে দিয়ে নীরেনবাবু বললেন -
ঠিক আছে। এখন মন দিয়ে প্র্যাকটিস করো।যত তাড়াতাড়ি পারো নিজেকে ম্যাচ ফিট করে তোলো।
ডেভিড - নার্সিং হোমে কে আছে নীরেন দা?
নীরেন- আমার এক রিলেটিভ। একটু অসুস্থ হয়ে ভর্তি আছে।
এই বলে নীরেন দে বেরিয়ে গেলেন ক্লাব থেকে আর ডেভিড মগ্ন হলো প্র্যাকটিসে
সকাল থেকে টিমের বাকি খেলোয়াড়দের সাথে প্র্যাকটিস তো ছিলই তারপরেও ডেভিড নিজেকে ছুটি দিত না।ক্লাবেই একটু বিশ্রাম নিয়ে আবার নেমে যেত মাঠে। হাড়ভাঙা খাটুনির মধ্যে ডুবিয়ে দিত নিজেকে। এর কারন ছিল দুটো।প্রথম কারন দ্রুত

নিজেকে পুরোনো জায়গায় ফিরিয়ে আনা।আর দ্বিতীয় কারন হ
লো সারাদিনের অমানুষিক পরিশ্রমের পর সন্ধ্যায় নিজের ফ্ল্যা
টে ফিরেক্লান্ত হয়ে ঘুমিয়ে পড়া।তাতে নেশা করার পর্যাপ্ত কারন
বা সময় কোনটাই ডেভিড পেত না।তার এই পরিশ্রমের ফলও
অবশ্য সে কিছুদিনের মধ্যেই পেল।রিটান লীগের খেলা শুরু হ
য়ে গেছে। ডেভিড ম্যাচ ফিট হয়ে গেলেও কোচ এখনও তাকে
নামাননি মাঠে যদিও ডেভিডের নিষ্ঠা ও তার অধ্যাবসায় দেখে
তিনি খুশী।কমল দত্তের ইচ্ছে আছে যে নেক্সট লীগম্যাচে ডেভি
ডকে তিনিনামাবেন পরিবর্ত হিসাবে।যদিও ডেভিড এখন সুপার
ফিট এবং ১০০ মিটার স্প্রিন্ট সে ১২ সেকেন্ডে টানছে তবুও এখ
নই তাকে পুরো ৯০ মিনিট মাঠে নামানোর ঝুঁকি কমল নেবেন
না।ব্রাদার্স রিটার্ন লীগ ভালোই শুরু করেছে। পরপর তিন ম্যাচে
জয় এসেছে মসৃণ ভাবে।অন্যদিকে টপ পজিশনে থাকা স্পা
টিং ও ভালোই খেলছে। কমল আশা করছে যে স্পোর্টিং যদি কি
ছু পয়েন্ট নষ্ট করেতাহলে ব্রাদার্স লড়ার রসদ পাবে।
সেদিন ক্লাব তাবু থেকে বেরিয়ে গাড়ি ড্রাইভ করে নিজের ফ্ল্যা
টে ফিরছিল ডেভিড।ক্রিসমাস এগিয়ে আসছে। এই বিকেলবে
লা পার্ক স্ট্রীট চত্বর দিয়ে গাড়ি চালানোর সময় ডেভিড আসন্ন
উৎসবের রেশটা কিছুটা অনুভব করল।চেনা কোলকাতাকে বে
শ অচেনা লাগে এই উৎসবের দিনে।রাস্তাগুলো বেশ সুন্দর করে
সাজানো হয়েছে। রাস্তার ধারে এবং বিভিন্ন দোকানে ক্রিসমাসে
র বিভিন্নসরঞ্জাম বিক্রি হচ্ছে। ডেভিডের এ ব্যাপারটা বেশ ভা

লো লাগে।সে দেখেছে যে বাঙালিরা এই ক্রিসমাসকে বেশ আন
ন্দ সহকারে উদযাপন করে।তারাও নতুন ড্রেস পরে। কেক খায়
।ক্রিসমাস ট্রী দিয়ে ঘর সাজায়।চার্চে গিয়ে প্রভু যিশুর দর্শন ক
রে।বাঙালিরা অবশ্য ক্রিসমাস বলে কম।তাদের ভাষায় হচ্ছে '
বড়দিন'।বেশ ভালো লাগে তার।তার সাথে এটাও ভালো লাগে
ভেবে যে তিন বছরপর ক্রিসমাসের সময়ে সে দেশে থাকবে।থা
কবে তার বাবা মা আর নিজের লোকের কাছে। নিজের লোক..
এই কথাটা ভাবতেই বুকটা কেমন যেন চিনচিন করে উঠল ডে
ভিডের।ছোট্ট মিলিশার মুখটা ডেভিডের সামনে যেন ভেসে উঠ
ল।কিছুই দেখল না এই পৃথিবীর সে অথচ চলে যেতে হলো।চো
খের কোলটা ভিজে যায় ডেভিডের।নাঃ ফ্ল্যাটে ফিরে আজ এক
টু গরল গলায় মনে হচ্ছেঢালতে হবে। পরক্ষনেই মনে পড়ে যে
সে তো নীরেন দাকে কথা দিয়েছে ওই সব ছাইপাঁশ না খাবার।নী
রেনদার কথা মনে হতেই গাড়ির স্টিয়ারিং ঘোরালো ডেভিড।
আজ একবার নীরেনদার বাড়ি ঘুরে যাবে।বেশ কিছুদিন হলো
লোকটা ক্লাবে আসছেই না।ডেভিড শুনেছে যে নীরেনদার ক্লো
জ রিলেটিভ নাকি খুব অসুস্থ আর উনি তাকে নিয়েই ব্যস্ত।ডে
ভিড এরমাঝে তাকে ফোন করলেওফোন তোলেনি।
নীরেনদার বাড়ি পৌঁছে অবশ্য ডেভিডকে হতাশ হতে হলো।বা
ড়িতে তালা ঝুলছে। অগত্যা ফিরেই চলল ডেভিড।

ডেভিড রায়ানকে পরের ম্যাচেই পরিবর্ত হিসাবে নামালেন কো

চ কমল দত্ত। ম্যাচটা ব্রাদার্স জিতল যদিও ডেভিড গোল পেলে
ন না।তবে তার খেলা কোচকে অখুশি করল না।ডেভিড মাঠে না
মার পরে ম্যাচ দেখতে আসা দর্শকদের একাংশ প্রথমে বিদ্রুপ
করলেও মাঠে ডেভিডের চনমনে চলাফেরায় আস্তে আস্তে চুপ
হয়ে যায়।ম্যাচের পর নীরেনদা কে ফোন করেছিল ডেভিড। সা
মান্যকিছু কথা বলে ডেভিডকে কামব্যাকের জন্য অভিনন্দন
জানিয়ে ফোন রেখে দেন নীরেন দে।
এগিয়ে চলল লীগ।এগিয়ে চলল সময়।ক্রিসমাস বা বড়দিন আ
সন্ন।প্রভু যিশুর জন্মদিন এবং আসন্ন নিউ ইয়ার উপলক্ষে সে
জে উঠছে কল্লোলিনী তিলোত্তমা কোলকাতা। সেইসাথে এগিয়ে
আসছে স্পোর্টিং ইউনিয়নের সাথে ব্রাদার্স ইউনিয়নের বড়ম্যাচ।
বেশ কিছু উত্থান পতন ইতিমধ্যেই লীগে হয়ে গেছে। ব্রাদার্স যে
মন জয়ের সরনিতে ফিরেছে তেমনি কিছুটা লক্ষ্যভ্রষ্ট হয়েছে
স্পোর্টিং।দুটি ম্যাচ ড্র করেছে তারা পরপর।দুই টিমের মধ্যে প
য়েন্টের ব্যবধান কমে দাঁড়িয়েছে মাত্র দুই অর্থাৎ ২৪ ডিসেম্বর ব
ড়ম্যাচ যে জিতবে লীগ তারাই পাবে।তাগিদটা ব্রাদার্সেরই বেশী
কারন লীগ পেতে গেলে তাদের জিততেই হবে।স্পোর্টিং এর ড্র
হলেও ক্ষতি নেই।

বড়ম্যাচের দুই দিন আগে বিকেলের প্র্যাকটিস সেরে ক্লাব ড্রে
সিংরুমে বিশ্রাম নিচ্ছিলেন ডেভিড।প্র্যাকটিস ভালো হলেও ডে
ভিডের মনটা ভার হয়ে আছে। দুইদিন বাদে এত গুরুত্বপূর্ণ এক

টা ম্যাচ।শুধু লিগের পরিপ্রেক্ষিতে নয় ডেভিডের জীবনের এক টা টার্নিং পয়েন্ট হতে পারে এই ম্যাচ অথচ এই বিরাট শহরে ক ত একা ডেভিড। জীবনসঙ্গী ছেড়ে চলে গেছে কবে।ছোট্ট শিশু মিলিশাকেও কেড়ে নিয়েছে ঈশ্বর অথচ ওই শিশুকে নিয়েই জী বন কাটিয়ে দেবে ভেবেছিল সে।মিলিশার কথা ভাবলেই বুকের ভিতরটা মোচড় দিয়ে ওঠে তার।ছোট্ট দুধের শিশুটাকে সাদা চা দর দিয়ে মুড়িয়ে যখন কবর দিতে নিয়ে যাওয়া হলো ডেভিডের তখন বুকফাটা আর্তনাদ করতে ইচ্ছে হয়েছিল কিন্তু পাথরের ম তো স্তব্ধ হয়ে গেছিল সে।

কল্লোলিনী কোলকাতা একসময় দুহাত ভরে ডেভিডকে সব কি ছু দিলেও নিষ্ঠুর নিয়তির মতো সব কেড়েও নিয়েছে।

টপটপ করে চোখ দিয়ে জল পড়তে লাগল ডেভিডের।চোখটা মুছে ড্রেসিংরুমের চারদিকে তাকালো সে।ফাঁকা ড্রেসিংরুমে সে একাই বসে।শুধু মালি সব খেলোয়াড়দের জার্সিগুলো গুছি য়ে নিয়ে যাচ্ছে ধোপার কাছে। উঠে দাঁড়াল সে।নিজের ব্যাগটা নিয়ে ধীর পায়ে এগোল গাড়ির দিকে।ডেভিড জানেনা এবারে ক্রিসমাসে দেশে যাবার পরে সে আর ভারতে ফিরবে কিনা।এম ন নয় যেখেলার প্রতি উৎসাহ হারিয়েছে সে বরং এটাও চিন্তা ক রছে যে ইংল্যান্ডের কোন ক্লাবে সুযোগ পেলে খেলাটা চালিয়ে যাবে সে।আসলে এখানে সুখস্মৃতিকে ছাপিয়ে জীবনের তিক্ত ও যন্ত্রনাদায়ক অভিজ্ঞতাগুলো তার কোলকাতায় থাকার অন্তরায় হয়ে দাঁড়িয়েছে। নীরেনদাও তাকে বলেছে যে ইচ্ছে না হলে ভার

তে আর না ফিরতে কিন্তু তার সাথে এটাও বলেছে যাবার আগে একটা ছাপ রেখেযেতে যাতে আগামী দিনে কোলকাতা ময়দান ডেভিডকে নষ্ট প্রতিভা হিসাবে মনে না রেখে আশ্চর্য প্রতিভা হিসাবে মনে রাখে।

মনে মনে নীরেনদার উপর একটু রাগও হচ্ছে ডেভিডের।দুইদিন বাদে বড়ম্যাচ।ময়দান রীতিমত উত্তপ্ত সেই ম্যাচের আবহকে কেন্দ্র করে অথচ ব্রাদার্সের অন্যতম কর্ণধারের কোন পাত্তা নেই। ফোনটাও সুইচড অফ। ক্লাবের অন্য কেউও কোন খবর দিতে পারেনি অথচ বড়ম্যাচে নীরেন দে অনুপস্থিত এই রকম ডেভিড অবশ্য শেষ তিন বছরে দেখেনি।এবার কি তাহলে সেটাই হবে?এদিকে নীরেনদা তো ডেভিডকে প্রমিস করেছে যে বড়ম্যাচের পড়েই তার হাতে লন্ডনের ফ্লাইটের টিকিট তুলে দেবে। কথা দিয়ে না রাখার মতো লোক নীরেন দে নয় এটা ডেভিড জানে।তাহলে? এই তাহলেটাই এই মুহূর্তে ডেভিড রায়ানের কাছে সবচেয়ে বড়ো প্রশ্ন।

ম্যাচের দিন সকাল থেকেই ডেভিড চরম উত্তেজনায় ছটফট করছে। সকালে নিয়মমাফিক হালকা প্র্যাকটিসের পর কোচ কমল দত্ত ভালো করে খেলোয়াড়দের শেষ বারের মতো স্ট্রাটেজি বুঝিয়েছেন। আগের ম্যাচে ডেভিড প্রথম থেকে খেললেও এই ম্যাচে তাকে পরিবর্ত হিসাবেই ভাবছেন কোচ।তার একটা কারন

ডেভিড এখনও অবধি একটা গোল করেছে তাও তালতলার বিরু
দ্ধে যারালিগ টেবিলের তলার দিকে।বড়ম্যাচে তাকে শুরু থেকে
নামিয়ে চাপে ফেলতে চাইছেন না কোচ।বরং দ্বিতীয়ার্ধে ক্লান্ত
স্পোর্টিং এর বিরুদ্ধে তরতাজা ডেভিডকে নামিয়ে বাজিমাত ক
রার পরিকল্পনা আছে কমল দত্তের।

ডেভিড রায়ানের অবশ্য একটা কুসংস্কার আছে বড়ম্যাচের সম
য়।ম্যাচের দিন সকাল থেকে ম্যাচ শুরু হওয়া অবধি সে ক্লাব তা
বুতেই কাটায়।আজও তার অন্যথা হয়নি।একটু বেলায় সে ক্লাবে
বসে মোবাইল নিয়ে ঘাঁটছিল আর ভাবছিল যে ক্রিসমাসে বাবা
মার জন্য কি উপহার নিয়ে যাওয়া যায়।আগে তো ভেবেছিল যে
মিলিশাই হবে তার বাবা মার কাছে সেরা উপহার কিন্তু....

হঠাৎই ফোন এল নীরেনদার।ডেভিড আগ্রহভরে ফোনটা রিসি
ভ করে বলল- নীরেনদা তুমি কোথায়? কি ব্যাপার তোমার?

নীরেনদার ফোনের ওপার থেকে শান্ত কণ্ঠস্বর ভেসে এল-

ডেভিড তুমি রেডি তো আজকের জন্য? আজ কিন্তু তোমায় ন
তুন যুগের সূচনা করতে হবে।তোমার উপর আমার অনেক আ
শা।

ডেভিড -

হ্যাঁ হ্যাঁ নীরেনদা আমি তৈরি কিন্তু তুমি কোথায়? আজ ২৪ ডি
সেম্বর। কাল ক্রিসমাস।তুমি বলেছিলে আজ ম্যাচের পরে আমা
য় লন্ডনের টিকিট...

নীরেন-

আমার মনে আছে ডেভিড।আজ ঠিক সময়ে আমি তোমার কা
ছে পৌঁছে যাব।তুমি ম্যাচের জন্য তৈরি হও।বেস্ট অব লাক।
কেটে গেল ফোনটা বা ডেভিডের মনে হলো নীরেনদা যেন ফো
নটা কেটে দিল।

যুবভারতী ক্রীড়াঙ্গন... বিকেল ৪টা।লিগ চ্যাম্পিয়নশিপ ম্যাচ ব্রা
দার্স ইউনিয়ন ও স্পোর্টিং ইউনিয়নের মধ্যে আর অল্প কিছু সম
য় পড়েই শুরু হবে।দুদলের প্রায় হাজার পঞ্চাশ সমর্থক স্টেডি
য়ামে ভিড় জমিয়েছেন। উত্তেজনার পারদ টগবগ করে ফুটছে।
রাত পোহালেই বড়দিন।ব্রাদার্স না স্পোর্টিং.. কোন দল শেষ ম্যা
চ জিতে বাজিমাত করে সমর্থকদের ক্রিসমাস গিফট হিসাবে লি
গখেতাব তুলে দেবে সেটাই দেখার।
দুদলের খেলোয়াড়েরাও তৈরি এই মহাসংগ্রামের জন্য।
ব্রাদার্সের ড্রেসিংরুমে কোচ কমল দত্ত টিমকে শেষ মুহুর্তের প
রামর্শ দিচ্ছেন। চুপচাপ কোচের কথা শুনে যাচ্ছে ডেভিড। মা
থায় ঘুরছে একটাই কথা।আজ কোচ যখনি তাকে নামাক গোল
তাকে আজ করতেই হবে।
দুদলের খেলোয়াড়েরা মাঠে প্রবেশ করলো।রিজার্ভ বেঞ্চে বসে
ডেভিড ইতিউতি তাকালো চারিদিকে। নীরেনদাকে কোথাও দে
খতে পেল না।বড়ম্যাচে নীরেনদা নেই এটা হতেই পারে না।কো
ন কিছু কি হলো।নাঃ আর ভাবতে পারে না ডেভিড।ম্যাচ শুরু হ

যে গেছে। সেদিকেই মনোযোগ দিল সে।

চরম উত্তেজনাপূর্ণ এই ম্যাচ শুরু থেকেই ঘটনাবহুল হয়ে উঠল।উজ্জীবিত ব্রাদার্সের খেলোয়াড়দের সামনে শুরুতে স্পোর্টিং একটু গুটিয়ে ছিল। তবে ধীরে ধীরে তারা খেলায় ফিরতে লাগলো এবং মাঝমাঠের নিয়ন্ত্রন নিজেদের হাতে তুলে নিতে লাগলো।তবে বিপক্ষের অ্যাটাকিং থার্ডে ব্রাদার্স বারবার হানা দিতে লাগলো।ডেভিড রিজার্ভে বসে ছটফট করছিলো। ব্রাদার্সের ফরোয়ার্ডরা মুভগুলো ফিনিশ করতে পারছে না দেখে তার আফসোস হচ্ছিল। তবে আর একটা জিনিসও ডেভিডের দৃষ্টি এড়ায় নি।সেটা হলো যে ব্রাদার্স রক্ষনে দুই স্টপার ফুল ব্যাক মাঝে মাঝেই সমান্তরাল লাইনে চলে আসছে।যে কোন সময় সেটা টিমের জন্য বিপদজনক হয়ে উঠতে পারে। কিছুক্ষন পরেই ডেভিডের আশঙ্কা সত্যে পরিনত হলো।দুই স্টপারের ভুল বোঝাবুঝিতে স্পোর্টিং এর বিদেশীফরোয়ার্ড আব্রাহাম গোল করে বেরিয়ে গেল।ব্রাদার্সের বিপদ আরও বাড়লো যখন ব্রাদার্স মিডফিল্ডার জেরমি বেটস চোট পেয়ে মাঠের বাইরে চলে এল।৩৫ মিনিট তখন খেলা হয়েছে এবং স্পোর্টিং ১-

০ গোলে এগিয়ে। কমল দত্ত ডেভিডকে নামালেন তখনই। উদ্দেশ্য একটাই যে ডেভিডের মতো পজিটিভ স্কোরার নেমে যত তাড়াতাড়ি গোল শোধ করতে পারে।

একটু পরেই বিরতির বাঁশি বাজল।হাফ টাইমে ব্রাদার্স ১ গোলে পিছিয়ে। ডেভিড এখনও অবধি সেই রকম কিছু করতে পারেনি

।যদিও স্পোর্টিং-এর কড়া পাহারায় ছিল সে। হাফ টাইমে ড্রেসিং রুমে ঢুকতেই নীরেনদা কে দেখতে পেল ডেভিড।ডেভিড এগিয়ে এল নীরেনের দিকে।

- কি ব্যাপার বলো তো দাদা।কোথায় ছিলে তুমি?

-

 পরে শুনো আমি কোথায় ছিলাম।এখন ম্যাচে কনসেনট্রেট করো।ওদের ডিফেন্ডারদের ওতো গায়ে গায়ে থাকছ কেন।

- কি করব।পাসিং তো ঠিকঠাক হচ্ছে না।

-

 কিন্তু তোমার কাজ তুমি করো।ওদেরকে তোমায় ট্রেস করতে দিও না।জায়গা চেঞ্জ করো অনবরত।দরকারে একটু নেমে এসে মুভ করো।

- ওকে নীরেনদা,আই উইল ট্রাই মাই বেস্ট।

ডেভিডের দুই কাঁধে হাত দিয়ে নীরেন দে বললেন -

 ট্রাই নয়।ইউ হ্যাভ টু ডু ইট।আজ তোমায় জিততেই হবে ডেভিড। তোমার ক্রিসমাস গিফট তোমার জন্য ওয়েট করছে।

ডেভিড অবাক হয়ে দেখল যে নীরেনদার চোখ যেন অল্প ছলছল করছে। নীরেনের হাত নিজের মুঠোয় নিয়ে সে বলল-

 ওকে নীরেনদা।ডেভিড উইল স্কোর টুডে।

বিরতির পর খেলা শুরু হয়ে গেল।লিড ধরে রাখার জন্য স্পোর্টিং এর খেলোয়াড়েরা একটু গা জোয়ারি খেলা খেলতে লাগলো। মাঠে একজন নেতার মতো ডেভিড নিজের দলের খেলোয়াড়

দের নিয়ন্ত্রন করতে লাগলো।সেকেন্ড হাফের ২৫ মিনিটে গোল করল ডেভিড। বক্সের বাইরে ফ্রিকিক পেয়েছিল তারা।ব্রাদার্সে ফ্রিকিক খুব ভালো মারে রজতাভ।কিন্তু আজ আগে আরও তিন টি কিকতার বাইরে গেছে। এবারে কিক মারার আগে ডেভিড ব লল- রজতাভ তুই ডামি রান করবি।কিক আমি নেব।

তাই হলো।রজতাভর ডামি রানে একটু বেসামাল হলো স্পোর্টিং ডিফেন্সের ওয়াল।ডেভিডের মারা ইনসুইং ফ্লোটার যখন ওয়ালে র উপর দিয়ে গিয়ে বাঁক খেয়ে গোলে ঢুকছে স্পোর্টিং গোলকি পার তখন দর্শক।

সমুদ্রের আন্দোলিত ঢেউয়ের মতো গর্জে উঠল যুবভারতীর দর্শ কাসন।মাঠে ফিরে এল সেই পুরোনো আবহ।মেক্সিকান ওয়েভে একটাই নাম... ডেভিড... ডেভিড।

গোল শোধের পর দিশাহারা লাগল স্পোর্টিংকে।অন্যায়ভাবে ব্রা দার্সের অরিন্দমকে লাথি মেরে লাল কার্ড দেখলো স্পোর্টিং এর একজন।খেলা শেষ হতে তখন আর ৮ মিনিট বাকি।ডেভিড সহ খেলোয়ারদের বোঝালো এটাই সুযোগ।১০ জন হয়ে যাওয়া স্পো টিং এর উপর ঝাঁপিয়ে পড়তে হবে।

সত্যিই যেন ব্রাদার্সের ১১ জন এরপর স্পোর্টিং এর উপর ক্ষুধার্ত সিংহের মতো ঝাঁপিয়ে পড়ল।৮৮ মিনিটে ডেভিডকে নিজেদের বক্সে ফাউল করলো স্পোর্টিং।রেফারি পেনাল্টি দিতে দেরী ক রেননি।দুর্দান্ত প্লেসিং এ বল জালে জড়িয়ে দিল ডেভিড। আর তার ৫ মিনিটের মধ্যেই খেলা শেষের বাঁশি বাজলো।

সহখেলোয়ারদের আলিঙ্গন মুক্ত হয়ে মাঠে হাঁটু গেড়ে বসে পড়
লো সে।গোটা স্টেডিয়ামে তখন তারই জয়ধ্বনি।লিগ চ্যাম্পিয়ন
হলো ব্রাদার্স।ম্যান অব দা ম্যাচ ডেভিড রায়ান।সমর্থক কর্মক
র্তা ও সহখেলোয়ারদের উল্লাসধ্বনির মধ্যে দিয়ে ড্রেসিংরুমে ঢু
কে ডেভিড দেখল যে নীরেন দে এককোনে চুপচাপ দাঁড়িয়ে।
ঠোঁটের কোনে এক চিলতে হাসির আভাস।
ডেভিড - আই হ্যাভ ডান ইট নীরেনদা।
নীরেন-
 আমি জানতাম তুমি পারবে।চ্যাম্পিয়নরা কখনও মরে না।এনি
ওয়ে এখন তো তোমাকে আমার সাথে যেতে হবে।তোমার ফ্লাই
ট আছে রাতে। তার আগে অবশ্য ছোট্ট একটা কাজ আছে। যদি
 এখানে তোমার কাজ শেষ হয়ে থাকে তো আমরা বেরোতে পা
রি।
ফ্লাইটের কথাটা শুনে মনটা খুশিতে ভরে ওঠে ডেভিডের।অব
শ্য একটু অবাকও হয় সে। ছোট্ট কাজ! কি কাজ? যাই হোক,নী
রেনদাকে এই নিয়ে আর প্রশ্ন করে না সে।

স্টেডিয়াম থেকে বেরিয়ে নিজের গাড়ির দিকে এগোয় ডেভিড।
নীরেন তাকে বাধা দিয়ে বলে-
 তোমার গাড়ি থাক।আমার গাড়িতে ওঠো।তোমারটা ক্লাবের কে
উ ঠিক পৌঁছে দেবে।
বিনা বাক্যব্যায়ে নীরেন দের গাড়িতে ওঠে ডেভিড। চওড়া মসৃন

রাজপথ দিয়ে ছুটে চলে নীরেন দের খুব প্রিয় ওপেল অ্যাস্ট্রা।

ডেভিড- আমরা যাচ্ছি কোথায়?

নীরেন-

আমার বাড়িতে। ওখানে একটা ছোট কাজ সেরে সোজা এয়ার পোর্ট যাব।

চুপ করে যায় ডেভিড। চলে যাবে সে আজ কোলকাতা ছেড়ে। হয়তো চিরদিনের জন্য। ঝিলমিল,মিলিশা..ফুটবল..স্টারডম.. সব ছেড়ে। সব স্মৃতি মুছে দিয়ে। মনটা যেন ভারী হয়ে আসে তার ।ঝিলমিল তার জীবনে কোনদিনই আর ফিরে আসবে না সেটা সে জানে।কিন্তু তার মেয়ে.. ছোট্ট মিলিশা.. সেও নেই আর।ঝিল মিল তাকে ছেড়ে চলে যাবার পর ওই মিলিশাকে নিয়েই তো স্ বপ্নের জালবুনত সে।ও বড় হবে।তাকে ড্যাডি বলে ডাকবে।নিজে র মতো মানুষ করবে সে মিলিশাকে।কিন্তু সব শেষ হয়ে গেছে। চোখ দিয়ে গড়িয়ে আসা জলটা মুছে নিয়ে ডেভিড খেয়াল কর লো যে গাড়ি এসে থামল নীরেনদার বাড়ির সামনে।গাড়ি থেকে নেমে নীরেনের পিছু পিছু বাড়ির ভিতর প্রবেশ করল সে।

নীরেন দের বাড়িতে আগেও এসেছে ডেভিড। প্রথমবার কোল কাতায় আসার পর যতদিন ক্লাব থেকে তাকে ফ্ল্যাট দেওয়া হয় নি ততদিন ডেভিড নীরেনের বাড়িতেই ছিল।এই বাড়ির অন্দরম হলেও তার অবাধ যাতায়াত। নীরেনবাবুর স্ত্রী ডেভিডকে ভীষণ

স্নেহ করেন।নীরেনবাবুর একমাত্র মেয়ের যখন বছর দুই আগে বিয়ে হয় তখনও ডেভিড খুব এনজয় করেছিল। বরাবর এই বাড়িতে এসেডেভিড একটা ফিল গুড ফ্যাক্টর পেয়ে এসেছে। কিন্তু আজ বাড়ির ভিতর প্রবেশ করে তার কেমন একটা অস্বস্তি হলো।সারা বাড়িটা কেমন থমথমে হয়ে রয়েছে। প্রানের যেন কোন চিন্হ নেই। নীরেনবাবুর সাথে ড্রয়িংরুমে প্রবেশ করে সোফায় বসল ডেভিড। নীরেনবাবুও একটা সোফা অধিকার করে বসে সিগারেট বার করে ধরালেন।তারপর সিলিং এর দিকে তাকিয়ে একমুখ ধোঁয়া ছেড়েডেভিডের দিকে তাকালেন।ডেভিড একদৃষ্টিতে তাকিয়ে রইলো তার দিকে।
নীরেনবাবু নীরবতা ভঙ্গ করে বললেন-
 আজ আমার সত্যি খুব আনন্দ হচ্ছে ডেভিড।আমিই তোমায় কোলকাতায় নিয়ে এসেছিলাম। ব্রাদার্সে আমিই তোমায় রিক্রুট করেছিলাম। সেই তুমি যদি জীবন যুদ্ধে হেরে যেতে তাহলে সেই হার হতো আমার। তুমি আমার মান রেখেছো।
ডেভিড কিছু বলার উপক্রম করতেই তাকে হাতের ইশারায় থামিয়ে নীরেনবাবু আবার বললেন-
 তোমার কথা শুনব।তার আগে আমায় একটু বলতে দাও। তোমার লন্ডনের ফ্লাইটের টিকিট আমার কাছে আছে। আমি জানিনা তুমি আর ইন্ডিয়া ফিরে আসবে কিনা।কাল ক্রিসমাস। আমরা বলি বড়দিন।প্রভু যিশুর জন্মদিন। বড়দিনের উপহারটা দেবার জন্যই তোমায় এখানে নিয়ে এসেছি।

ডেভিড -

উপহার? কি উপহার নীরেনদা? লন্ডন যেতে পারব সেটাই তো আমার কাছে বিরাট উপহার।

সোফা থেকে উঠে জানলার সামনে গিয়ে দাঁড়ালেন নীরেন দে।

-

আমার মেয়ে রুপার বিয়েতে তো তুমি ছিলে ডেভিড। বিয়ের কিছুদিন পর আনন্দ মানে আমার জামাই একটা ভালো কোম্পানিতে অফার পেয়ে লাস ভেগাস চলে যায় রুপাকে নিয়ে। বেশ ভালোই ছিল ওরা।আজ থেকে একমাস আগে ওরা কোলকাতায় ছুটি কাটাতে আসে।আর সেদিনই এয়ারপোর্ট থেকে আমাদের বাড়ি আসার সময় একটা রোড অ্যাক্সিডেন্ট হয়।

চমকে ওঠে ডেভিড। সেকি এই খবর তো সে জানত না।সোফা থেকে উঠে সে এসে দাঁড়ায় নীরেনবাবুর পাশে।আবার বলতে শুরু করে নীরেন কিন্তু ডেভিড টের পায় যে নীরেনদার গলাটা যেন ধরে আসছে।

নীরেন-

অ্যাক্সিডেন্টে আনন্দ স্পটেই মারা যায় আর রুপাকে নার্সিংহোমে ভর্তি করা হয় গুরুতর আহত অবস্থায়।

এই পর্যন্ত বলে ডেভিডের দিকে ঘুরে অশ্রুধরা গলায় নীরেন বলে-

পারলাম না জানো।প্রায় একমাস নার্সিংহোমে কোমায় থেকে মৃ

ত্যুর সাথে লড়াই করল মেয়েটা।কিন্তু গতকাল সব মায়া কাটিয়ে সেও চলে গেল।

আর কিচ্ছু বলতে পারেন না নীরেন দে।বিহ্বল ডেভিডের হাত ধরে ঝরঝর করে কেঁদে ফেলে মধ্যবয়স্ক লোকটি।শোকস্তব্ধ ডেভিড কিছু বলার ভাষা খুঁজে পায় না।এতবড় বিপর্যয় তার নীরেন দার জীবনে ঘটে গেছে! সে তো বিন্দু বিসর্গও জানেনা। এবার বুঝল সে নীরেনদা ইচ্ছা করেই তাকে জানতে দেয়নি যাতে ডেভিডের কামব্যাকে কোন ব্যাঘাত না ঘটে।

নিজেকে তখন কিছুটা সামলে নিয়েছেন নীরেন বাবু।ডেভিডকে নিয়ে আবার সোফায় এসে বসে নিজের স্ত্রীকে ডাকলেন তিনি।

- মিনতি, ওকে নিয়ে এসো এখানে।

আবার বিস্ময় জাগলো ডেভিডের মনে।নিয়ে আসবে! কাকে নিয়ে আসবে!

পর্দা সরিয়ে ড্রয়িংরুমে ঢুকলেন নীরেনবাবুর স্ত্রী মিনতি দেবী।সসম্ভ্রমে উঠে দাঁড়াল ডেভিড। মিনতি দেবী এসে দাঁড়ালো ডেভিডের সামনে। অবাক হয়ে ডেভিড দেখল যে মিনতি দেবীর কোলে ধবধবে সাদা তোয়ালে দিয়ে মোড়া একটি শিশু। পরম নিশ্চিন্তে ঘুমের রাজ্যে বিচরন করছে সে।ছলছল চোখে নীরেন ডেভিডকে বলল- বুঝতে পারছো ডেভিড এই শিশুটি কে?

হতবাক ডেভিড অস্ফুটে মাথা নেড়ে জানায় যে সে জানে না শিশুটি কে? নীরেনবাবু মিনতিদেবীর কোল থেকে শিশুটিকে নিজের কাছে নিয়ে বললেন -

এ হলো আমার মেয়ে রুপা ও আনন্দের একমাত্র মেয়ে অলিভিয়া।

স্তব্ধ হয়ে গেল ডেভিড।তার মনে হলো যেন ঘরের মধ্যে বাজ পড়েছে।হে ঈশ্বর! এতটুকু শিশু এই বয়সে বাবা মাকে হারাল।কি অপরাধ এর? বুকটা মোচড় দিয়ে উঠল ডেভিডের।

নীরেন-

জানো ডেভিড, অ্যাক্সিডেন্টের পরে ওদের অতবড় ক্ষতি হলেও আমার অলিভিয়া মার কোন কিচ্ছু হয়নি।ওই জন্যই হয়তো বলে যে রাখে হরি মারে কে!

এবার কথা বলেন মিনতি দেবী।ডেভিডের হাত ধরে বলেন-

আনন্দের ফ্যামিলিতে এমন কেউ নেই যে এই ছোট্ট শিশুটির দেখাশোনা করবে।তোমার দাদা আর আমার ও বয়েস হয়েছে। আমাদের পক্ষেও ওকে দীর্ঘদিন দেখাশোনা করা খুব কঠিন।তাই আমরা চাই..

নীরেন-

তাই আমরা চাই এমন কাউকে যে ওকে চিরকাল নিজের সন্তান ভেবে বুকে করে রাখবে।ডেভিড রায়ান,আমরা চাই তুমি হয়ে ওঠো অলিভিয়ার গার্ডিয়ান।ওর বাবা।

হতবাক হয়ে যায় ডেভিড। একি শুনছে সে! অজান্তেই চোখ দিয়ে দরদর করে জল বেরোতে থাকে তার।একজন বিদেশী সে আর এরা তার হাতে তাদের সবচেয়ে মূল্যবান সম্পদ তুলে দিতে চাইছে। এ যে কল্পনারও অতীত।ডেভিডের কাছে আসেন নীরে

নবাবু।বাচ্চাটিকে তার দিকে এগিয়ে দিয়ে বলেন-
 একে কোলে নাও ডেভিড। দ্যাখো তোমার মিলিশাই ফিরে এসে
ছে হয়তো।
অশ্রুসজল চোখে অলিভিয়াকে কোলে নেয় ডেভিড। ততক্ষনে
ঘুম ভেঙে গেছে ছোট্ট অলিভিয়ার।ডেভিডের কোলে শুয়ে ড্যাব
ড্যাব করে দেখছে তাকে।
নীরেন-
 ডেভিড, এটাই আমাদের তরফ থেকে তোমায় বড়দিনের উপ
হার।নিয়ে যাও ওকে লন্ডন। মানুষ করো নিজের মনের মতো।
শুধু একটাই অনুরোধ এই দুটো বুড়ো মানুষের। মাঝে মাঝে এ
কটু দেখতে দিও ওকে।তুমি যদি না আসতে পারো আমরাই যা
বো।
অলিভিয়াকে নিজের বুকে আঁকড়ে ধরে ডেভিড বলল-
 নীরেনদা,এ কি বলছো তুমি! অলিভিয়া তো তোমাদেরই।আমি
কি বলব বুঝতে পারছি না দাদা।শুধু এই টুকুই বলব যে ক্রিসমা
সের এই উপহার আমার জীবনের সেরা উপহার। আমি কোল
কাতায় ফিরে আসব নীরেনদা।এই মহানগর আমায় নতুন লাই
ফলাইন দিয়েছে। অলিভিয়াকে বাবা মাকে দেখিয়েই নিয়ে আস
ব।
অলিভিয়ার মুখটা নিজের মুখের কাছে এনে ফিসফিস করে ব
লে ওঠে ডেভিড রায়ান-
আমার মিলিশা ফিরে এসেছে। এবারের ক্রিসমাস সত্যিই আমা

র কাছে বড়দিন।

(সমাপ্ত)

মুকুন্‌

মুকুন্দপুর ছোট মফস্বল শহর হলেও আধুনিক যুগের মোটামুটি সব উপকরনই এখানে রয়েছে। থানা,হাসপাতাল, ওষুধের দোকান,বাজার,সিনেমা হল এমনকি ইদানীং রোল,মোগলাই, চাউমিন মায় বিরিয়ানির দোকানও আছে। দুটি বড় বিদ্যালয় আছে, একটি ছেলেদের পতিতপাবন মেমোরিয়াল হাই স্কুল আর অন্যটি মেয়েদের রাধারানী স্মৃতি গার্লস স্কুল।

মুকুন্দপুরের দ্রষ্টব্য জিনিসের মধ্যে আছে রায়দের পুরোনো জমিদারবাড়ি যাতে এখনও পিতাম্বর রায়ের বংশধরেরা বিদ্যমান যদিও অবস্থা তাদের মাঝারিয়ানা।এছাড়া গঙ্গার ঘাট রয়েছে যেখানে লোকাল বিধায়কের উৎসাহে সুন্দর ফুলের কেয়ারি করে

ঘাটটিকে দৃষ্টিনন্দন করা হয়েছে। নাটকের ক্লাব সহ বেশ কয়ে কটি ছোট বড় ক্লাব রয়েছে যার মধ্যে সবচেয়ে পুরোনো হলো সুভাষ সংঘক্লাব।খেলাধূলা, রক্তদান শিবির,গরীবদের শীতবস্ত্র বি তরন জাতীয় অনেক কার্যক্রমেই সুভাষ সংঘ সক্রিয় অংশগ্রহ ণ করে থাকে।কিছু ডাক্তার,শিক্ষক, উকিল এবং এলাকার পুরো নো কিছু বাসিন্দাদের পৃষ্ঠপোষকতায় সুভাষ সংঘ নিজেদের এ ক স্বতন্ত্র ঐতিহ্য গড়ে তুলেছে।

এইসব কিছু ছাড়াও মুকুন্দপুরের আরেকটি বৈশিষ্ট্য আছে আর সেটা হলো এখানকার বাসিন্দারা। ধীরে ধীরে তাদের সাথে আমা দের পরিচয় ঘটবে তবে আপাতত আমরা প্রবেশ করবো সুভাষ সংঘ ক্লাবের অভ্যন্তরে যেখানে আর কিছুক্ষণ পরেই একটি বি শেষ মিটিং বা সভা হতে চলেছে। ক্লাবের পঁচাত্তর বছর বা প্ল্যাট নাম জুবিলী উদযাপন করার জন্যই এই সভা।ক্লাব মেম্বারদের পাশাপাশিক্লাব সভাপতি ও সচিব এবং কোষাধ্যক্ষ সবাই উপস্থি ত। বিকেল চারটেয় মিটিং শুরু হবার কথা।এখন ঠিক তিনটে পঞ্চান্ন। চলুন আমরা প্রবেশ করি।

ক্লাবের ভিতরে একটা টেবিল পাতা হয়েছে আর তার পিছনে তিনটে প্ল্যাসটিকের চেয়ার।তাতে বসে আছেন সভাপতি অনা দি রায়(জমিদারবাড়ির বর্তমান সিনিয়র বংশধর ও প্রাক্তন জে লা জজ),পাশে সচিব সনাতন তালুকদার(একটি রাইস মিল ও

একটি রেশন শপের মালিক) এবং কোষাধ্যক্ষ বিনয় দত্ত (রিটায়ার্ড সরকারি ক্লার্ক)।

টেবিলের সামনের দিকে চারটে সারিতে বেশ কিছু চেয়ার পাতা যার অধিকাংশই ভর্তি।রয়েছেন পরিবেশবিদ সুবল বসু,নাট্যকার অচলায়তন তলাপাত্র ও আরও কয়েকজন।এরমধ্যে পরিবেশবিদ সুবলবাবু বারবার হাতঘড়ি দেখছেন।সময়ের ব্যাপারে তিনি ভীষন কড়া।সভাপতিকে উদ্দেশ্য করে বলে উঠলেন-
আর পাঁচ মিনিট বাকি।আশাকরি মিটিং টাইমেই শুরু হবে।
একটা অস্বস্তি নিয়ে সভাপতি অনাদি বললেন-
হ্যাঁ হ্যাঁ নিশ্চয়ই।
তারপরই মুখটা নীচু করে পাশে বসা সনাতনকে বললেন -
মোটামুটি সবাই তো এসেই গেছে।শুরু করলেই তো হয়।
সনাতনও বিড়বিড় করে বললেন-
মোটামুটি ঝামেলাবাজ সবাই এসে গেছে শুধু একজন বাদে।
অনাদি- কে?
সনাতন- পন্ডিত মশায় আর কে!

এই প্রসঙ্গে বলে রাখা ভালো যে সনাতন,অনাদি ও বিনয় বেছে বেছে এই ক্লাবের এমন মেম্বারদের ডেকেছেন যারা ঝামেলাবাজ নামে পরিচিত মানে আসন্ন প্ল্যাটিনাম জুবিলী অনুষ্ঠানের কর্মসূচী এদের না জানিয়ে ঠিক করা হলে ভবিষ্যতে ঝামেলা পাকাতে পারে।কিশলয় পন্ডিত হলো ঠিক সেই রকমের লোক।প

তিতপাবন মেমোরিয়াল স্কুলের টিচার,বছর চল্লিশ বয়স,খেলাধূ
লায় উৎসাহআর তার সাথে খাওয়ার ব্যাপারেও চরম উৎসাহ।
যে কোন স্থানে কোন বিষয়ে ঝগড়া বা তর্ক লাগিয়ে দেওয়ায় সি
দ্ধহস্ত। সুতরাং তাকে নিয়ে অনাদিদের চিন্তা তো থাকবেই।
সুবলবাবু আবার নিজের হাতঘড়ির দিকে তাকাচ্ছেন দেখে তড়ি
ঘড়ি অনাদি সনাতনকে ইশারা করায় সনাতন গলা খাঁকড়িয়ে
শুরু করে।

-

 প্রিয় সুভাষ সংঘের সমস্ত উপস্থিত সভ্য ও সদস্যগন,মাননীয়
সভাপতি মশাইয়ের অনুমতি নিয়ে আমি আজকের সভা শুরু
করছি।আজ আমাদের প্রধান ও একমাত্র বিষয় হলো ক্লাবের
আগত পঁচাত্তর বছর পূর্তি অনুষ্ঠান পালন ও উদযাপন। কি কি
কর্মসূচী ও অনুষ্ঠানসূচী পালিত হতে পারে সেই নিয়েই...
সনাতনের বক্তব্যকে মাঝপথেই প্রতিহত করে ঝড়ের বেগে ক্লা
বে ঢুকলেন কিশলয় পন্ডিত।চুল উসকোখুসকো,শার্টের নীচের
দুটো বোতাম খোলা এবং প্যান্টের বেল্টও খোলা অবস্থায় দুদি
কে পেন্ডুলামের মতো ঝুলছে।

-

 উপস্থিত। আশা করি খুব কিছু দেরি করিনি।মিটিং কি শুরু হ
য়ে গেছে?
বিরক্তিপূর্ন দৃষ্টিতে কিশলয়কে দেখলেন অনাদি।
কিশলয় ইতিমধ্যেই একটা চেয়ারে বসে আশেপাশের সবার সা

থে গুজগুজ ফিসফাস শুরু করে দিয়েছে।
' কতক্ষণ শুরু হয়েছে দাদা?'
' এই তো জাস্ট..'
' তোমার কিছু প্রস্তাব আছে নাকি পন্ডিত?'
' দেখি আগে সভাপতি কি বলেন?'

সভায় গোলমাল বাড়ছে দেখে প্রমাদ গুনলেন অনাদি।
-

কিশলয়,এখন চুপ করে বোসো।মিটিং চলছে।তোমায় পরে ব
লার সুযোগ দেওয়া হবে।
চুপ করলো পন্ডিত।নিজের অর্ধসমাপ্ত কথা শেষ করলেন সনা
তন।

-

কি কি অনুষ্ঠান হতে পারে তার একটা প্রাথমিক সূচী আমরা
তৈরি করেছি।আমি এক এক করে বলছি।কারও কোন বক্তব্য
থাকলে পরে বলবেন।
উপস্থিত সদস্যদের মধ্যে একটা গুনগুন গুঞ্জন উঠলো। একটু
চুপ করে থেকে আবার শুরু করলেন সনাতনবাবু।

-

ক্লাবের পঁচাত্তর বছর পূর্তি অনুষ্ঠান শুরু হবে ক্লাবের জন্মদিনে
র দিন।ওইদিন সকালে ক্লাবের প্রতিষ্ঠাতা স্বর্গীয় শ্রী পতিতপাবন
বাবু ও স্বর্গীয় শ্রী প্রানবল্লভবাবুর প্রতিকৃতিতে মাল্যদান করা হ
বে।অতঃপর ক্লাবের সদস্য অঞ্চলের কৃতি সন্তান দৌড়বিদ বল

রাম মল্লিক ম্যারাথন দৌড়ের সূচনা করবেন।এরপর ক্রমান্বয়ে সাতদিন ধরে বিভিন্ন অনুষ্ঠান ও সমাজসেবামূলক কাজ করার পরিকল্পনারয়েছে আমাদের।আপনাদেরও কোন প্রস্তাব থাকলে বলতে পারেন।

বলার সুযোগ পেতেই মুখ খুললেন পরিবেশবিদ সুবল বসু।
-

আমার মতে ওই পুরো সাতদিন বৃক্ষরোপনের প্রোগ্রাম অবশ্যই রাখতে হবে।সবুজ ছাড়া আমরা অচল।সবুজে সবুজে গোটা এ লাকাকে মুড়িয়ে দিতে হবে।

ক্লাবের তরুন সদস্য সুবলবাবুর ছেলে বিপ্লব কিশলয় পন্ডিতের কানে ফিসফিস করলো।

-

কিশলয়দা,বাবাকে আটকান।বৃক্ষরোপনের নামে কেলেংকারী হবে একটা।

কিশলয়- কেন?

বিপ্লব-

গোটা বাড়ি গাছে ছেয়ে দিয়েছেন। এমনকি ছাদেও পা ফেলার জায়গা নেই। শুধু টব আর টব।গাঁদা, চন্দ্রমল্লিকা, জবা,বাঁধাকপি ,পেঁয়াজকলি,লংকা,বিচুটিপাতা,ক্যাকটাস..সব মিলিয়ে লংকাকা ন্ড।সেদিন মা তো ছাদে টবে শাড়ি জড়িয়ে পড়েই গেলেন।ছাদে উঠলেই আমাদের হাত পা চুলকোতে শুরু করে বিচুটিপাতার

জন্য।বাবাকে বিরত না করলে ওই সাতদিনে আমাদের খেলার মাঠটাই দেখবেন ডুয়ার্সের জঙ্গল হয়ে গেছে। বাবার কিন্তু ওই মাঠটাই টার্গেট।

ঢোঁক গিললেন কিশলয়।এরই মধ্যে ফোড়ন কেটে উঠলেন বয়স্ক নবীনবাবু যিনি আবার ক্লাবে সপ্তাহে দুইদিন লাফিংএর ক্লাস করান বেশ কিছু বয়স্ককে নিয়ে।

-

লাফিংএর একটা অনুষ্ঠান কিন্তু রাখতেই হবে।হাসা শরীরের পক্ষে অত্যন্ত ভালো।

এবার নাক গলালেন পন্ডিতমশাই।

-

নিশ্চয়ই নিশ্চয়ই। হাসা তো ভালোই তবে আমি একদিনও এই হাসি ক্লাবের হাসি দেখিনি।কিভাবে হাসেন একটু নমুনা দেখানো যাবে কি?

খুব নিরীহ ভাবে বললেন কিশলয়।

আঁতকে উঠলেন অনাদিবাবু।সভা পন্ড হবার ঈঙ্গিত পেলেন তিনি।তাড়াতাড়ি বলে উঠলেন-

না না, ওসব নমুনা এখন থাক কিশলয়।

ব্যাজার মুখে নবীনবাবু চুপ করে গেলেও কিশলয় কিন্তু চুপ করলো না।অনাদিবাবুকে উদ্দেশ্য করে বলে উঠলেন-

ইওর অনার,আমার মনে হয় যে সবাই নিজেদের প্রস্তাব লিখে আপনাকে জমা দিক আর আপনিও সেই বুঝে সিদ্ধান্ত নেবেন।

আমার যেমন ক্লাবের ছেলেদের নিয়ে একটা নাটক করার ইচ্ছে আছে।

অনেকদিন পরে ইওর অনার শুনে বেশ তেজ জাগলো অনাদির মধ্যে। কিশলয়ের দিকে প্রসন্ন দৃষ্টিতে তাকিয়ে নিজের হাত টেবিলে বাজিয়ে বললেন - অবজেকশন সাসটেইন..
সনাতন তাড়াতাড়ি বলে উঠলো- অনাদি এটা কোর্টরুম নয়।
একটা মৃদু গুঞ্জন আবার উঠলো সদস্যদের মধ্যে।
নিজেকে সামলে অনাদি বললেন-
অর্ডার অর্ডার।সবাই নিজেদের প্রস্তাব লিখিত ভাবে দিক।ক্লাব বিবেচনা করে দেখবে।এখনকার মতো কেস ডিসমিসড।
সনাতন তাড়াতাড়ি বলে উঠলো- মানে সভা সমাপ্ত।

অতঃপর আগামী কয়েকদিন চলল বিভিন্ন প্রস্তাবের আসা ও যাওয়া।শেষ পর্যন্ত অন্যান্য অনুষ্ঠানের সাথে কিশলয়ের নাটকের পরিকল্পনাটিও অনুমোদন পেল।শুরু হলো পঁচাত্তর বছরের পূর্তি অনুষ্ঠানের তোড়জোড় সুভাষ সংঘে।

সভা শেষে বাড়ি ফিরেছেন অনাদিবাবু।দোতলার করিডর দিয়ে নিজের ঘরের দিকে যাওয়ার সময় হঠাৎ থমকে দাঁড়ালেন তিনি। সামনে দেওয়ালে দাদু স্বর্গীয় জমিদার পতিতপাবন রায়ের বিরাট প্রতিকৃতি।সেই ছবির দিকে একদৃষ্টিতে তাকিয়ে রইলেন অ

নাদি রায়।যে সুভাষ সংঘের আজ পঁচাত্তর বছর পূর্তি হবে সেই ক্লাবের প্রতিষ্ঠা করেছিলেন তার দাদুই।সাথে অবশ্যই ছিলেনপ তিতপাবনের অভিন্নহৃদয় বন্ধু প্রানবল্লভ।সম্পর্কে সে অনাদির প্রানের বন্ধু সনাতনের দাদু।এই দুজনের নিরলস চেষ্টায় জন্মল গ্ন থেকেই সুভাষ সংঘ নানা জনহিতকর কাজের মাধ্যমে এলা কায় সুনাম অর্জন করে। আজ অনাদির ভাবতে গর্ব হচ্ছে যে সেই ক্লাবের পঁচাত্তর বছর চলে এলো।দাদুর ছবির সামনে দাঁড়ি য়ে এইসব ভাবছে অনাদি ঠিক সেই সময় হঠাৎ যেন ঘাড়ের কা ছে কারওদীর্ঘশ্বাস অনুভব করলো অনাদি।চমকে উঠে ফিরে তাকালো সে।নাঃ কেউ নেই আশেপাশে। লম্বা দোতলার করি ডোর সম্পূর্ণ ফাঁকা। তবুও গাটা কেমন শিরশির করে উঠলো অ নাদির। স্পষ্ট তার মনে হলো যে কেউ যেন আছে তার পাশে।হা লকা একটু ভয় বোধ হলো তার।দোষটা অবশ্য অনাদির নয়। কেন নয়, সেই কারনটা এবার জানা যাক।

সুভাষ সংঘ ক্লাবের অবস্থান জমিদারবাড়ির ঠিক পাশের জমি তে।ক্লাব এবং তৎসংলগ্ন মাঠ, এই দুটোই পতিতপাবন দান ক রেছিলেন।পতিতপাবন এবং প্রানবল্লভ দুজনেই মারা গেছেন আজ থেকে প্রায় তিরিশ বছর আগে।কিন্তু সুভাষ সংঘের সমস্ত মেম্বার এবং জমিদারবাড়ির সমস্ত সদস্যদের অবশ্য সন্দেহ যে এই দুজনেই ইহজাগতিক বন্ধন কাটিয়ে উঠতে পারেননি।বিভি ন্ন সময়ে স্থানেঅস্থানে এমন কিছু ঘটনা ঘটেছে বা ঘটে চলেছে

যার ফলে লোকের মনে এই ধারনা বদ্ধমূল হয়ে গেড়ে বসেছে। সেরকম দু-একটি ঘটনার উল্লেখ না করলেই নয়।

কিছুদিন আগে গরমকালের সময়।ক্লাবের কিছু ছোকরা সদস্য সন্ধ্যার অবসরে ক্লাব সংলগ্ন মাঠে বসে গুলতানি করছিল।জল তেষ্টা পাওয়ায় তরুন সদস্য সোমনাথ ক্লাবে আসে।কেউ না থাকায় ক্লাবের দরজায় তালা দেওয়া ছিল।সোমনাথ তালা খুলে তড়িঘড়ি জলের বোতল নিতে গিয়ে দ্যাখে যে দুজন বয়স্ক লোক জমকালো ধুতি পাঞ্জাবি পড়ে বেঞ্চে বসে দাবা খেলছে।আড্ডার মুডে থাকাসোমনাথ প্রথমে ব্যাপারটায় নজর দেয়নি।ওনাদের দেখে ক্লাবের বয়স্ক মেম্বার ভেবে জলের বোতল নিয়ে বেরোতে যাবে তখনই একজন গম্ভীর কন্ঠে বলে ওঠে -
ওহে ছোকরা,একটু পাখাটা চালিয়ে দিয়ে যেও তো।
ওনাদের দিকে চেয়ে একটু হেসে পাখার সুইচ অন করে বেঞ্চের কাছে ফিরে আসে সোমনাথ। বোর্ডের দিকে চেয়ে কৌতুহল বশত জিজ্ঞেস করে-
বাঃ ইন্টারেস্টিং জায়গায় গেমটা।তা কতক্ষণ চলছে জেঠু?
সোমনাথের দিকে জ্বলজ্বলে চোখে চেয়ে এক প্রবীন বললেন-
জেঠু আবার কি?আমি তোর দাদুর চেয়েও বড় রে মূর্খ।
অপর প্রবীন নিজের ধুতির কোঁচাটা ঝেড়ে নিয়ে বললেন-
গেম তো চলছে তিরিশ বছর ধরে।
দুইবুড়োর হাবভাব দেখে অনেক কষ্টে হাসি চেপে সোমনাথ ব

লে- বাবা! তিরিশ বছর..এখনও শেষ হলো না?
এবার খেঁকিয়ে উঠলো প্রথম বুড়ো।
-
কি করে শেষ হবে।একটু খেলা হয় আর তোদের মতো অপোগ
ণ্ড এসে বাগড়া দিস।
' না না,খেলুন আপনারা '
এই বলে দরজার কাছে এসেই মাথাটা ঘুরে ওঠে সোমনাথের।দ
রজার তালা তো সেই খুলল এখন তাহলে এনারা কোথা থেকে এ
লেন!
ফ্যালফ্যাল করে পিছনে তাকাতেই সোমনাথ শুধু খালি বেঞ্চটা
ই দেখতে পায়।বলাইবাহুল্য এরপরে মূর্ছিত সোমনাথকে ক্লাবের
অন্য সদস্যরা ওই জল ও পাখার হাওয়া খাইয়েই জ্ঞান ফিরিয়ে
আনে।
মজার কথা হলো যে পতিতপাবন ও প্রানবল্লভকে যে সবসময়
ই একসাথে দেখা যায় তাও নয়।আলাদা আলাদা ভাবে আবির্ভূত
হয়েও ওনারা নিজেদের জাহির করেন।

শ্রীনাথ এলাকার নামকরা চোর।এ এলাকা ছাড়াও আশেপাশের
বেশ কিছু এলাকাও তার চৌর্যবৃত্তির মধ্যে পড়ে।এরইমধ্যে এক
দিন শ্রীনাথ টার্গেট করলো পুরোনো জমিদারবাড়ি অর্থাৎ অনা
দিদের বাড়ি।নিজের টার্গেটে আঘাত হানার আগে টার্গেট এবং
তার আশপাশটা নিঁখুত ভাবে রেইকি করা শ্রীনাথের পুরোনো

অভ্যাস।সেই হিসাবেই জমিদারবাড়ির আনাচকানাচে বেশ কিছু দিন সবারঅলক্ষ্যে সে অনুসন্ধান চালিয়ে নিল।তারপর নির্দিষ্ট দিনে বা বলা যায় রাতে সে হানা দিল জমিদারবাড়িতে।ছাদের দরজার খিল অদ্ভুত কায়দায় খসিয়ে শ্রীনাথ প্রবেশ করলো ভিতরে।ছাদ থেকে দোতলার ল্যান্ডিং এ সে কোনদিক থেকে শুরু করবে ভাবছে এই সময়তেই তার নজর গেল সিঁড়ির সামনে।সে স্পষ্ট দেখল যে সাদা মখমলের ধুতি, পাঞ্জাবি আর হাতে একখানি ছড়ি নিয়েদোতলার সিঁড়ির ঠিক উপরে এক বয়স্ক ভদ্রলোক (বৃদ্ধ পতিতপাবন) দাঁড়িয়ে কটমট করে তার দিকেই তাকিয়ে। ভয়ের থেকে বেশি অবাক হলো শ্রীনাথ।শিল্লীর হাত তার।ছাদের খিল খোলার শব্দ সেই ভালোমতো শোনেনি তো বাড়ির কারও সেই শব্দ শুনে জেগে ওঠাটাও অসম্ভব ব্যাপার।এদিকে শ্রীনাথ দেখলো যে তার ভয় ও বিস্ময়কে উত্তরোত্তর বাড়িয়ে সেই জম কালো পুরুষ ছড়িরইশারায় তাকে ডাকছে। এক পা দু পা করে এগোল সে।বয়স্ক মানুষ, সেই রকম বুঝলে এ লোককে ফাঁকি দিয়ে পালাতে কতক্ষণ...

- কে তুই? এতো রাতে এখানে কি করছিস?

ধেয়ে এলো শব্দ কটি গম্ভীর গলা থেকে।

আওয়াজ তো নয় যেন গ্যাস ভর্তি সিলিন্ডার থেকে ভসভস করে গ্যাস বেরোল।পাটা একটু কেঁপে উঠলো শ্রীনাথের।মিইয়ে যাওয়া গলায় বলল- আজ্ঞে আমি শ্রীনাথ।

আবার গ্যাস বেরোলো সিলিন্ডার থেকে।

- চুরি করতে ঢুকেছিস?

হ্যাঁ এর ভঙ্গিতে উপর নীচে একবার মাথা দুলিয়েই ডানে বাঁয়ে জোরে জোরে মাথা নাড়লো শ্রীনাথ।

-

বটে! এতদূর স্পর্ধা।সেই কবে ছিদাম একবার ঢুকেছিল আর তারপর তুই.. ছাদ দিয়ে ঢুকলি বুঝি?

শ্রীনাথের কেন জানিনা আবহাওয়াটা সুবিধার ঠেকলো না।মাথাটা যেন ভোম্বল হয়ে গেছে। হাত পায়েও খুব একটা সার পাচ্ছে না।তাও ছিদামের নাম শুনে গলা দিয়ে আওয়াজ বেরোলো তার।

- আজ্ঞে ছিদাম আমার দাদু ছিলেন।

সিলিন্ডার যেন ফেটে পড়লো।

- অ্যাঁ,তুই ছিদামের নাতি!

ছি ছি ছি..এতো কাঁচা হাত তোর।খিল খসাতে এত খসখস! ওরে অপদার্থ, ছিদামের কোন গুনই পাসনি দেখছি।আহা,কি চমৎকার হাত ছিল তার।গৃহস্থের বাড়ির সিঁদ কাটত এত নিপুনভাবে যে কেউ টের পাওয়া তো দূরের কথা,পরেরদিন সকালে ওই সিঁদের গর্ত দিয়েই বাড়ির লোক দরজা ভেবে যাতায়াত করতো আর তার নাতি হয়ে তুই একটা খিল খসাতে গিয়ে আমার কাঁচা ঘুমটা ভাঙিয়েদিলি।

একটু উসখুস করে আশপাশ তাকালো শ্রীনাথ।এই বুড়োর সাথে কথা বলার চক্করে তার কাজ তো নষ্ট হলোই এখন তার সাথে য

দি বাড়ির বাকি লোকরা জেগে ওঠে তাহলে তো শ্রীনাথের শ্রীঘ
রে স্থান হবে।ভয়ে ভয়ে সে বললো-

 আজ্ঞে, সত্যিই আমি আনাড়ি। এবারের মতো মাফ করে দিন
হুজুর।

- হুমম,দিলুম।

-

 তা হুজুর কোন ঘরে ঘুমোচ্ছিলেন? চলুন হাত ধরে পৌঁছে দি।
তারপর আমি চলে যাব।

- আমি কোন ঘরে থাকি না।থাকিই ওইখানে।

এই বলে সেই বৃদ্ধ পুরুষ হাত দেখালেন দেয়ালের দিকে। শ্রীনা
থ দেখলো সেই দেয়ালে একটা বিশাল ছবির ফ্রেম।তাতে একটি
 কারুকার্য করা ফাঁকা চেয়ার।অবাক হয়ে শ্রীনাথ বলল-

ওই ছবিতে কি কেউ থাকতে পারে?

- পারে তো।আমিই তো থাকি।এই দ্যাখ।

এই বলেই সেই বৃদ্ধ পুরুষ শ্রীনাথের চোখের সামনেই হুস করে
মেঝে থেকে সেই ছবির ফ্রেমে উঠে চেয়ারে বসে গেলো।

যতই বড়ো চোর হোক,যতই সাহস থাক..এতটা শ্রীনাথের হজম
 হলো না।হাউহাউ আর্তনাদ করে বাড়ির সবাইকে জাগিয়ে মূ
র্ছা গেলো সে।

এই ঘটনার পর থেকে শ্রীনাথের আচরনে বিরাট পরিবর্তন হয়ে
ছে। চুরি করা সে ভুলেই গেছে। সারাদিন ভ্যাবলার মতো ঘুরে

বেড়ায় সে।কেউ কিছু জিজ্ঞেস করলে শুধু বলে- এই দ্যাখ।
বলেই এক লাফে সরে যায়।

এদিকে স্বর্গীয় প্রানবল্লভ মানে সনাতনের বাড়িতেও এই ধরনের
ঘটনা ঘটেছে। নিজের বাড়ির জলের লাইনে গন্ডগোল হওয়ার
দরুন সনাতন এলাকার পুরোনো পাইপ মিস্ত্রি হারুনকে খবর
দেয়।পাইপ লাইনে গড়বড় বড়ো হওয়ার জন্য হারুনকেও সময়
নিয়ে কাজ করতে হয়।সকাল থেকে টানা কাজ করে সনাতনে
র বাড়িতেই দুপুরে পেট ভরে ভাত আর পুকুরের কাতলা খেয়ে
হারুনআবার কাজে নামে।কিন্তু কিছুক্ষণ কাজ করার পরেই ঘু
ম পেতে থাকে হারুনের।বাড়ির পিছনদিকে একা একা কাজ ক
রছে সে।নজর রাখারও কেউ নেই। এমতাবস্থায় দুপুরে খাওয়া
কাতলা হারুনকে কাত করে ফেলে।পিছনের নির্জন বারান্দায়
শুয়ে সবেমাত্র চোখটা লেগে এসেছে তার অমনিই পাঁজরে এক
টা খোঁচা খেয়ে ঘুম ভাঙলো তার।উঠে বসে চোখ রগড়ে হারুন
দ্যাখে যে সামনেপাংশুটে চেহারায় খদ্দরের ধুতি পাঞ্জাবি পড়ে
আর হাতে লাঠি নিয়ে এক বৃদ্ধ দাঁড়িয়ে। চোখে কৌতুকমিশ্রিত
দৃষ্টি।
- ভাতঘুম হচ্ছিল বুঝি?
মুখে হাসি নিয়েই চিবিয়ে চিবিয়ে বললেন পাংশুটে প্রানবল্লভ।
লজ্জায় মাথা নীচু করলো হারুন।সত্যিই তো..শীতের বেলা।এখ
নই আলো কমে আসছে। কাজ্টা শেষ করতে হবে।তড়িঘড়ি উ

ঠে কাজে হাত লাগায় সে।প্রানবল্লভ বসেন বারান্দায়।
হারুনের স্বভাব হলো কাজ করতে করতে গুনগুন করে গান গা
ওয়া।সেইমতো তার গুনগুনানি কিছুক্ষণ চলার পরেই আবার চি
বোনো গলা শুনতে পেল সে।
- গলায় তো সুর খারাপ খেলছে না তোর।
বিনয়ে গলে গেল হারুন।যদিও এই বৃদ্ধকে সে চেনে না তবুও
তার মনে হচ্ছে ইনি নিশ্চয়ই সনাতনবাবুর বাড়ির বয়ঃস্থ কেউ।
-

 হেঃ হেঃ,ধন্যবাদ বাবু।একটু গুনগুন না করলে আমার আবার
কাজে মন বসে না।

-

 বটে বটে! তা বেশ তো।তা শুধু খালি গলায় গান তো পুরো জম
বে না।বাজনার সঙ্গত চাই।
আরো বিনয়ী হলো হারুন।

-

 না না,অত মুরোদ নেই। শুধু গুনগুনাতেই আমার শান্তি।তাতে
কাজ আমার নিঁখুত হয়।
পাংশুটে আবার চিবোলো।

-

 তোমার মুরোদ নাই থাকতে পারে।তুমি যেমন গুনগুনাচ্ছ তে
মনি করো।আমি ঠিক তাল ধরে নেব।
এবার কাজ থামিয়ে পিছন ঘুরে তাকালো হারুন।বুড়োর কথায়

বেশ অবাক সে।কিন্তু অবাক হবার আরো বাকি ছিল তার।হারু
ন দেখলো যে বুড়ো দুইহাতে তালি বাজাতেই তার সামনে চলে
এলো দুটি তবলা।হারুনের দিকে চেয়ে মুচকি হেসে বৃদ্ধ বললে
ন- নাও শুরু করো।

হতভম্ব হারুনকে অজ্ঞান অবস্থায় উদ্ধার করেন সনাতন নিজে
ই।সন্ধ্যা হয়ে গেলেও হারুন তার কাছে না আসায় সনাতন তা
কে খুঁজতে গিয়ে বাড়ির পিছনের বারান্দায় একটা তবলায় মাথা
রাখা অবস্থায় অজ্ঞান হারুনকে পায় সে।জ্ঞান হবার পর হারুন
আর এই বাড়ির কাজ করেনি।অন্য লোককে দিয়ে সনাতন কা
জ সম্পূর্ণ করায়।

তবে এই মুহূর্তে সনাতনের চিন্তা অন্য। সামনে ক্লাবের এতো ব
ড়ো অনুষ্ঠান। অনাদির সাথে সাথে সুভাষ সংঘ সনাতনেরও ম
নের খুব কাছে। পঁচাত্তর বছর পূর্তি সুষ্ঠু ভাবে শেষ করতে নি
জের দুই ছেলে বোমা ও দোদমাকেও কাজে লাগাবে ভাবলো স
নাতন।

দুই ছেলের নাম বোমা ও দোদমা কেন হলো সেটারও একটা ই
তিহাস আছে। সনাতনের স্ত্রী সরমা যখন বোমার জন্ম দেয় তখ
ন সেই সদ্যোজাত শিশুর কান্নার আওয়াজে সবাই চমকে ওঠে।
মনে হয় যেন আকাশে মেঘ গুড়গুড় করে উঠলো।চমকে ওঠা
সনাতন বলেন-
বাব্বা এতো বোমার মতো আওয়াজ।ব্যাস,তখনই তার নাম হ

যে যায় বোমা।কিয়ৎক্ষন পরে যখন সরমার যমজ ছেলেহয় ত খন আনন্দে সনাতন বললেন- বোমার ভাই দোদমা।

সুবিনয় ও বিনয়.. এই দুটি ভালো নাম থাকা সত্ত্বেও তার দুই ছে লে এলাকায় বোমা ও দোদমা নামেই পরিচিত।তবে মুশকিলের ব্যাপার হলো ছোট থেকেই বোমা যে কাজ করে, দোদমাও সেই একই কাজ দ্বিতীয় বার করতে গিয়ে ঘেঁটে ঘ করে দেয়।

সনাতনের বৃদ্ধা মা গত হবার পর তার শ্রাদ্ধানুষ্ঠানে এলাকার লোককে নেমতন্ন করার ভার ছিল বোমার উপর।সে বাবার নি র্দেশমতো কোন বাড়িতে একজন,কোথাও দুজন আবার কোথা ও পুরো পরিবারকে আমন্ত্রণ জানিয়ে তার কাজ সুষ্ঠুভাবেই স ম্পন্ন করে। কিন্তু বোমা বা তার পিতৃদেব সনাতন বোধহয় দোদ মার উপস্থিতি ভুলে গিয়েছিল। অনুষ্ঠানের দিন ২৫০-৩০০ জন নিমন্ত্রিতেরজায়গায় যখন ৮০০-৯০০ লোক হাজির হয় তখন গোলমালটা ধরা পড়ে।সবই ছিল দোদমার দ্বিতীয়বার নিমন্ত্রণের জের।দাদার বলা বাড়িগুলোয় সে দ্বিতীয়বার গিয়ে, যেখানে একজন বলা ছিল সেখানে দুজন.. যেখানে দুজন বলা ছিল সেখানে তিনজন এবং যেখানে পুরো প রিবার বলা ছিল সেখানে সেই পরিবারের অন্য আত্মীয়স্বজন,স বাইকে নিমন্ত্রণ করে আসে সে।সেই ঠেলা সামলাতেহিমসিম খেতে হয়েছিল সনাতনকে।

যাইহোক, বর্তমানে এক সন্ধ্যায় দুই ছেলেকে নিজের ঘরে ডে কে পাঠান সনাতন। বছর তিরিশ বয়সের দুই ভাই সুভাষ সংঘে

রও সদস্য।তবে দুজনেরই একটু অতিরিক্ত এবং অপ্রয়োজনীয় কথা বলার অভ্যাস আছে।ক্লাবের আসন্ন কর্মসূচীর বিষয়ে দুজনকে জানানোর পরে সনাতন বলেন-

তোমাদের দুজনকেই একটু বেশি দ্বায়িত্ব নিতে হবে।বুঝতেই পারছো তোমাদের বাবার সন্মান এইক্লাবের সাথে জড়িয়ে।

প্রথম মুখ খোলো বোমা।

- নিশ্চয়ই, সে তো জানিই।আমরা তৈরি কিন্তু...

সনাতন- কিন্তু, কিন্তুটা আবার কি নিয়ে?

হালকা ফাটে বোমা।

- জন জামাই ভাগনা,

তিন নয় আপনা।

হকচকিয়ে ওঠে সনাতন।ছেলেদের দিকে তাকিয়ে বলেন-

এখানে এই প্রবাদের মানে?

নিজেদের মধ্যে অর্থপূর্ন দৃষ্টিতে তাকিয়ে নেয় দুইভাই।তারপর আবার ফাটে বোমা,এবার কিঞ্চিৎ জোরে।

-

আছে, মানে আছে।যেমন আমি হলাম আমার মামার ভাগনা মানে মামাবাড়িরও ভাগনা।আবার আমার মা সেই মামাবাড়িরই অংশ।ফলস্বরূপ আমি মাএরও ভাগনা অর্থাৎ তোমারও ভাগনা।

দাঁড়িয়েই কথা বলছিলেন সনাতন।এবার খপ করে খাটের হ্যা ন্ডেলটা ধরে নিলেন।

এবার ফাটলো দোদমা।

-

আবার আমি যেমন আমার শ্বশুরের জামাই মানে শ্বশুরবাড়ির জামাই। আমার বউ সেই শ্বশুরবাড়িরই অংশ অর্থাৎ আমি আমার বউয়েরও জামাই।

এবার খাটে বসে পড়লেন সনাতন।বুকটা কেন জানি ধড়ফড় করছে। এবার সশব্দে ফাটলো বোমা ও দোদমা।

-

আবার আপনি হলেন আমাদের জন।কোন জন? মানুষজন মানে বাপজন।

অর্থাৎ প্রকারান্তরে আমি না আমার না তোমার,আমরা হলাম...
- চামার।

বাক্যটা শেষ করলেন সনাতন।দুই ছেলে প্রসন্ন দৃষ্টিতে বাবার দিকে তাকিয়ে। চোখ বড়ো বড়ো হয়ে গেছে সনাতনের।গলা শুকিয়ে কাঠ। হাত নেড়ে ইশারায় চলে যেতে বললেন দুজনকে। ওরা বেরিয়ে গেলে শরীরটা বালিশে ছেড়ে দিয়ে অতি কষ্টে বললেন- সুরমা,একটু জল দিয়ে যেও।

জমিদারবাড়ির একতলা...পিছনের দিকের একটা ঘরে চলছে সুভাষ সংঘের ছেলেদের রিহার্সাল। পঁচাত্তর বছরের অনুষ্ঠানের

শেষদিন মঞ্চস্থ হবে নাটকটি।আনন্দময় অনুষ্ঠানের কথা মাথায় রেখে নাটকটি লিখেছেন কিশলয় পন্ডিত।রামায়ণের সীতাহরন পর্বকে নিয়ে হাস্যরসাত্মক ভাবেই লিখেছেন কিশলয়।আধুনিক প্রেক্ষাপটে লেখা নাটকটিরই এখন রিহার্সাল চলছে।ঘরের এক কোনেবসে এক ঠোঙা মুড়ি ও তিন-
চারটি তেলেভাজা সহযোগে রিহার্সাল দেখছে কিশলয়।আজ ড্রেস, মিউজিক নিয়েই রিহার্সাল হচ্ছে কারন আর কয়েকদিনই বাকি অনুষ্ঠানের।মঞ্চে রাম তখন লক্ষ্মণ, সুগ্রীব ও অন্যান্য বানরদের সাথে চিন্তামগ্ন ভাবে আলোচনায় ব্যস্ত।রামের পরনে সাদা ফুলশ্লীভ শার্ট(অনেকদিন জঙ্গলে থাকার জন্য ময়লা),ডেনিম ব্লু জিন্স।লক্ষ্মণ ফুলকারি দেওয়া টি-শার্টও জিন্স।

রাম-
 সুগ্রীব,কি হলো ভাই। ডেকেছো হনুমানকে?আজই তো তার লক্ষ্ায় টেক-অফ করার কথা।
সুগ্রীব- হ্যাঁ,বস।হোয়াটসঅ্যাপ করেছিলাম।হনু আসছে।
বিরক্তি নিয়ে রাম তাকালো সুগ্রীবের দিকে। সুগ্রীব আরও কিছু বলতে আসছিল রামের কাছে কিন্তু একটু এগিয়েই নাক কুঁচকালো।সেটা লক্ষ্য করে রাম বলল-
 শার্টটায় একটু গন্ধ হয়েছে। অনেকদিন কাচা হয়নি তো।
সুগ্রীব- দিন না বস শার্টটা খুলে।ধোপার কাছে দিয়ে দি।
আর্তনাদ করে ওঠে লক্ষ্মণ।

-

 না দাদা,খবরদার দিও না।আমারটা দিয়েছিলাম একটু ডালের দাগ লেগেছিল।হতভাগা ধোপা বাঁদর সেই দাগ তুলতে গিয়ে এমন আঁচড়েছে নখ দিয়ে যে ফালাফালা করে দিয়েছে। আমার সাধের পিটার ইংল্যান্ডকে নো ম্যানস ল্যান্ড করে ফেলেছে।
শেষের দিকে আবেগে বুজে আসে লক্ষ্মণের গলা।বিব্রত সুগ্রীব তাড়াতাড়ি বলে ওঠে -
 না না লক্ষ্মণ ভাইটু,এবার আর গন্ডগোল হবে না।আমি নিজে...
তাকে থামিয়ে রাম বললেন-
 আঃ সুগ্রীব,থাক এখন এসব।তুমি আরেকবার কল দাও হনুমান কে।

বলতে বলতেই স্টেজে হনুমানের প্রবেশ।সাদা পাঞ্জাবি, জিন্স পরনে কিন্তু রং ও আবীর মাখা।তাকে দেখে আঁতকে উঠলেন রাম।

-

 একি হনুভাই,তুমি রেডি হওনি?ওদিকে লন্চপ্যাড রেডি তোমার লাফ দেওয়ার জন্য।
উচ্ছাসের সাথে বলে ওঠে হনুমান।
- আরে যাবো যাবো দাদা।কিন্তু আজ তো হোলি।
বলেই দৌড়ে আসে রামের দিকে। রাম হাইহাই করে সুগ্রীবের পিছনে লোকাতে যায়।হনুমান এদিকে নাছোড়বান্দা।

- হোলি হ্যায় ভাই হোলি হ্যায়।বুড়া না মানো হোলি হ্যায়। বলতে বলতেই রামের গালে, মাথায় এবং পায়ে আবীর দিয়ে দেয় সে।সাথে সাথে হনুর চেলা বানরেরা সুর করে গেয়ে ওঠে।

' রাম সংগ খেলে হোলি।
কচিপানা বজরংবলী।'

গাইতে গাইতে তারা রামকে প্রদক্ষিন শুরু করে।এই সময় আস্তে আস্তে মঞ্চের আলো নিভে যাবে।দৃশ্যটির সমাপ্তি হবে। এই অবধি রিহার্সাল দেখার পর উঠলেন কিশলয়।নাট্যকর্মী অচলায়তনকে ডেকে বাকি রিহার্সাল করতে বলে বাড়ির দিকে পা বাড়ালেন।একটা জরুরি কাজ আছে বাড়িতে।তবে ছেলেদের রিহার্সাল দেখে তিনি খুশী।সব দর্শককে ভালই মজা দেবে এরা।

পুরোনো মন্দিরের পাশের শর্টকাটটাই ধরলেন কিশলয়।একটু নির্জন ও জংলা মতোন হলেও তাড়াতাড়ি বাড়ি যাওয়া যায়।হন হন করে বেশ তাড়াতাড়িই হাঁটছিলেন পন্ডিত।মন্দিরের পিছনের ভাঙা অংশটার পাশ দিয়ে যাবার সময় হঠাৎ গা টা ছমছম করে উঠলো তার।চলার গতি একটু কমিয়ে দিলেন তিনি।আড়চোখে ডান দিকে মন্দিরের পিছনের দিকে তাকালেন।মনে হলো ঝট করেমন্দির কাঠামোর আড়ালে সরে গেল কেউ। কৌতুহল হলো পন্ডিতের।মোবাইলের টর্চ জ্বেলে এগিয়ে গেলেন সেই দিকে

।কাউকে না দেখতে পেয়ে টর্চ ঘোরালেন চারিদিকে। পিছনের চারিদিকটাই আগাছা আর জঙ্গলে ভরা।তার মাঝে বট,অশ্বত্থ প্রমুখ কিছু বড়ো গাছ জায়গাটাকে রহস্যময় করে তুলেছে।চার পাশে টর্চ ঘোরাতে ঘোরাতে পায়ের কাছে আলো ফেলতেই স্থির হলেন পন্ডিত।একটা প্রায় শেষ হয়ে যাওয়া সিগারেটের ফেলে দেওয়া অংশ এখনও জ্বলছে অর্থাৎ কেউ ছিল এখানে। তাকে দেখে সিগারেট ফেলে পালিয়েছে। কিশলয়ের সন্দেহ হলো আ দৌ পালিয়েছে কি?অনতিদূরে বটগাছের কাছে মনে হলো কিছু নড়লো।মোবাইলের টর্চটা বাগিয়ে ধরে আর একটু এগোলেন তি নি আর ব্যাস তখনই মাথায় খেলেন একটা জবরদস্ত বাড়ি।চো খের সামনে রামধনুরসাততি রং খেলা করলো একবার।তারপর জ্ঞান হারালেন কিশলয়।

চোখে জলের ছিটে লাগতে আস্তে আস্তে চোখ খুললো কিশলয়। মাথার উপরে অনেকগুলো আলোর বিন্দু দেখলো ও।চোখটা স য়ে আসতে বুঝলো যে ওগুলো তারা আর ও শুয়ে আছে মাটিতে । তাড়াহুড়ো করে উঠে বসতে গেল সে আর ব্যাথায় মুখ দিয়ে গোঙানি বেরিয়ে এলো।মাথার পিছনে হাত দিয়ে ' উঃ' করে উঠ ল ব্যাথায়।ফুলে আছে পিছনটা।
- জোরেই বাড়িটা বসিয়েছে মনে হচ্ছে।
- হ্যাঁ,বসিয়েই দিয়েছে মাস্টারকে।
একটা চিবিয়ে কথা বলা গলা আর একটা গ্যাসভর্তি সিলিন্ডারের

আওয়াজ পেয়ে সামনে তাকালো কিশলয়। দুজন বয়স্ক লোক ধুতি পাঞ্জাবি পরা,তার সামনে উদ্বিগ্ন মুখে দাঁড়িয়ে। কিশলয়ের অবাক লাগলো এই কারনে যে চারপাশে ঘন আঁধার থাকলেও সে এই বয়স্ক লোকদুজনকে স্পষ্ট দেখতে পাচ্ছে এমনকি তাদের মুখে ফুটে ওঠা অকৃত্রিম উদ্বেগের চিন্হও সে দেখতে পেল।
-আপনারা? মানে আপনাদের তো ঠিক..
-

আমরা এখানকারই পুরোনো বাসিন্দা হে।তবে তোমার চেনা উচিত ছিল।বোধহয় মাথায় আঘাত লেগে গুলিয়ে গেছে।চিবোনো গলা বলল।
কিশলয়- তাই মনে হচ্ছে। ঝিমঝিম করছে মাথাটা।
এবার গ্যাস বেরোলো সিলিন্ডার থেকে।

-

শোনো ছোকরা,আমাদের পরিচয় তুমি পরে ঠিকই পেয়ে যাবে।এখন কয়েকটা জরুরি কথা বলি।সামনে তোমাদের ক্লাবের এতবড় অনুষ্ঠান। কিন্তু শুভর সাথে যেমন অশুভ থাকে, ভালোর সাথে যেমন মন্দ থাকে তেমনি এই অনুষ্ঠানেও আসবে বাধা,বিপত্তি।
অবাক হলো কিশলয়।

-

বাধা? হ্যাঁ,সে তো কিছু বাধাবিঘ্ন থাকবেই কিন্তু আমরা ক্লাবে এতোজন আছি।মাথার উপর অনাদিবাবু, সনাতনবাবুর বিশ্বস্ত হা

ত আছে..অনুষ্ঠান আমরা সফলভাবেই করবো মনে করি।কিন্তু বিপত্তি! বিপত্তি কিভাবে আসবে?
সিলিন্ডারের আওয়াজ আবার এলো পন্ডিতের কানে।
-

বিপত্তি আনার লোককে আজ আমরা দেখেছি এখানে।সে কোন শুভ উদ্দেশ্যে এখানে ঘোরাঘুরি করছিল না।তার চ্যালাচামুন্ডা সমেত কোন ভয়ানক পরিকল্পনা সে নিশ্চয় করেছে।জেনে ফেলতাম আমরা কিন্তু সেই সময় তুমি এসে যাওয়ায় ওরা তোমাকে আঘাত করে পালায়।
গুম হয়ে যায় পন্ডিত।সামনে দাঁড়িয়ে থাকা দুই বুড়োর দিকে দৃষ্টি যায় তার। খুব চেনা চেনা লাগছে এদের।হঠাৎ নজর যায় সিলেন্ডারের হাতের লাঠির দিকে। দড়ির মতো পাকানো মেহগনী কাঠের সাদা লাঠিটা দেখে চমকায় সে।এই লাঠি সহ বুড়োর ছবি তো দেখেছে অনাদিবাবুর বাড়ি।এক লহমায় স্বর্গীয় পতিতপাবন ও স্বর্গীয় প্রানবল্লভকে চিনতে পারে সে।চোখ বড় বড় করে তাকায় সে।
পতিতপাবন বলে ওঠে -
চিনেছো তাহলে! বেশ বেশ,তবে ভয়ের কোন কারন নেই। কিশলয় তুমি বুদ্ধিমান, শুধু বুদ্ধিমান নও,সৎ বুদ্ধি ধরো।তোমাকে আমরা সময়ে অসময়ে জানাবো সব।মূল অনুষ্ঠানের দিন সতর্ক থেকো।আমরা তো আছিই।
ঘাড় নাড়লো পন্ডিত।সামনে থেকে অদৃশ্য হলো দুইজন।চারপা

শ দেখে উঠে দাঁড়ালো সে।একটা দীর্ঘশ্বাস ফেলে বাড়ির দিকে রওনা হলো সে।

ওদিকে জমিদারবাড়ির পিছনের নির্জন বাগানে দুই অশরীরী চিন্তান্বিত। একটা বটতলায় বসে ঘন ঘন দীর্ঘশ্বাস ফেলছেন পতিতপাবন। সামনে পায়চারি করছেন প্রানবল্লভ।এক সময়ে পায়চারি থামিয়ে বললেন-
 আচ্ছা পতিত,তুমি ঠিক জানো যে সে ই এসেছিল?
পতিত-
 হুমম। বাইরে গাড়ির কাছে ছিল।চ্যালাদুটো পন্ডিতকে আঘাত করে বাইরে যেতেই গাড়ি চালিয়ে কেটে পড়ে।
প্রান-কিন্তু এতোদিন পর কি চায় সোমরাজ?
পতিত- প্রতিশোধ নিতে চায়।
প্রান- প্রতিশোধ?
পতিত-
 হ্যাঁ,সে একসময় ছিল সুভাষ সংঘের মাথা।জমিদারবাড়ির আর্থিক দিকও সে ভালো সামলাতো।সম্পর্কে অনাদির খুড়তুতো ভাই হলে কি হবে,খুব ঠান্ডা মাথা ছিল তার। আমারই রক্ত তো বইছে তার শরীরে কিন্তু..
প্রান-
 জানি পতিত।কাউকে না জানিয়ে তোমাদের বাড়ির পিছনের জমি বিক্রি করলো,টাকা তছরুপ করলো।তোমার ছেলে মানে

অনাদির বাবা থানা পুলিশ অবশ্য করেনি কিন্তু সোমরাজকে বা র করে দেয় বাড়ি থেকে সবার সামনে অপমান করে।
পতিত-
অপমান তার প্রাপ্য ছিল।সেই অপমানের প্রতিশোধ নিতেই সে বেছে নিয়েছে ক্লাবের অনুষ্ঠান। এই অনুষ্ঠান পন্ড করতে পার লে অনাদির মাথা হেঁট হবে আর অনাদির মাথা হেঁট হওয়া মা নে..
চুপ করলেন পতিতপাবন।
কিন্তু কি বিপদ বাঁধাতে চায় সোমরাজ রায়?পতিতপাবন ও প্রান বল্লভের প্রধান চিন্তা এখন সেটাই।

পতিতপাবন ও প্রানবল্লভের প্রতিকৃতিতে মাল্যদান করে শুরু হ য়ে গেল সুভাষ সংঘের এক সপ্তাহ ব্যাপী পঁচাত্তর বছর পূর্তি অ নুষ্ঠান। এলাকার দৌড়বিদ বলরাম মল্লিক সূচনা করলেন ম্যারা থন দৌড়ের।দৌড়ে তার পিছনে থাকলো ক্লাবের তরুন ও বয়স্ক বেশ কিছু লোক।যদিও ১০ মিনিট পর বলরামের সাথে থাকলো শুধু তরুন সদস্যরা এবং আরোও ১৫ মিনিট পর একা বলরাম। পিছনেআর কাউকে না দেখতে পেয়ে বলরামের উৎসাহে এবং কিছুক্ষণ পরে দমে ঘাটতি পরলো।শেষ পর্যন্ত পরানের রিক্সায় চেপে ক্লাবে ফেরত আসেন তিনি।
সাতদিনের অনুষ্ঠানের ৬দিন মোটামুটি নিরুপদ্রবেই এবং আন ন্দের সাথেই কেটে গেল।ছোটখাটো কিছু গোলমাল অবশ্য হয়ে

ছিল।যেমন পরিবেশবিদ সুবল বসুর বৃক্ষরোপন অনুষ্ঠানে উনি খেলার মাঠের চারিধারে বেশ কিছু চারাগাছ রোপন করার পরে গোঁ ধরেন যে মাঠের একাংশে ফুলের চারা লাগাবেন।মাঠে ভবিষ্যতে খেলা বন্ধ হয়ে যেতে পারে এই আশঙ্কায় ওনার ছেলে বিপ্লব ও তারবন্ধুরা সুবলবাবুর হাতে বিচুটিগাছের চারা তুলে দেন। দুচারটি রোপন করার পরেই উনি হাত মুখ চুলকাতে চুলকাতে বাড়ি ফিরে যান বিপ্লবের দিকে রোষকষায়িত দৃষ্টি হেনে।
আবার যখন এলাকায় সুভাষ সংঘের চরম প্রতিপক্ষ ক্লাব যুবক সংঘের সাথে প্রীতি ক্রিকেট ম্যাচের আয়োজন করা হয়েছিল তখন সুভাষ সংঘের দুই বোলার বোমা ও দোদমা সামান্য গড়বড় করে।বোমা প্রথমে বল করে একটা উইকেট নিতেই দোদমা বল করার জন্য আবদার ও শেষে মাঠে গড়াগড়ি দিয়ে কান্নাকাটি শুরু করে। শেষ পর্যন্ত দুজনের বোলিং গড় দাঁড়ায় এইরকমঃ
বোমা-৪ ওভারে ৩০ রান দিয়ে ১টা উইকেট।
দোদমা-৪ ওভারে ৬০ রান দিয়েও উইকেটহীন।
ম্যাচটা সুভাষ সংঘ হারে মূলত তার বাজে বোলিংয়ের জন্যই।যদিও আনন্দের আবহ থাকায় এবং দোদমা তার দলের বাকি খেলোয়াড়দের পেট পুরে নিজের খরচে খাইয়ে দেওয়ায় গোলমাল বিশেষ হয়নি।

এসে পড়ে অনুষ্ঠানের সপ্তম অর্থাৎ শেষ দিন।এইদিনের মূল আকর্ষন ছিল সন্ধ্যাবেলায় এলাকার গুনীজনদের সম্বর্ধনা ও রা

মায়নের একটি অংশ নিয়ে কিশলয় পন্ডিতের লেখা হাসির নাট
ক 'কিডন্যাপ'...

এই ছয়দিনে কুলাঙ্গার সোমরাজ ও তার দুই চ্যালা পটাই ও বদ
নার টিকিটিও আশেপাশে দেখা যায়নি।সতর্ক ছিল কিশলয় ও
তার ঘনিষ্ঠ কয়েকজন ক্লাব সদস্য। আর সবার উপরে সদাসত
র্ক দৃষ্টি নিয়ে ছিল পতিতপাবন ও প্রানবল্লভের অশরীরী অস্তিত্ব
।

কিশলয়কে তারা সাবধান করে দিয়েছিল যে শেষ দিনই কিছু ক
রার চেষ্টা করবে বদমায়েশরা।সারাদিনেও কিছু না হওয়ায় বেশ
হালকা মেজাজেই ছিল কিশলয়।নাটক শুরু হতেই উইংসের
পাশে জায়গা নেয় সে।বেশ কিছুক্ষণ নাটক চলার পর দর্শকদে
র হাসির আওয়াজে সে বুঝতে পারে যে নাটকটি তারা ভালোই
পছন্দ করছে।সেই মুহূর্তে রাবনের সভায় একটি গুরুত্বপূর্ণ দৃশ্য
অনুষ্ঠিতহচ্ছিল। লঙ্কেশ্বরের জন্মদিনে বেশ বড়ো একটা কেক
আনা হয়েছে। লাজুক লাজুক মুখে রাবন সেই কেকটা কাটতেই
তার সভাসদ ও আত্মীয়রা ' হ্যাপি বার্থডে টু ইউ' বলে হাততালি
দিয়ে ওঠে।এরপর রাবন একটা কেকের টুকরো নিয়ে মঞ্চের এ
কপাশে বিরস মুখে দাঁড়িয়ে থাকা ভাই বিভীষণের কাছে আসে।
- বিভু,মাই সুইট ব্রো।

বিরস কেন তব বদন,

কেকের স্বাদ করো গ্রহন।

খপ করে কেকটা নিয়ে বিভীষণ মুখে পুরে দেয়। তারপর আরা

মে চোখ বুজিয়ে বলে- মনের জিনিস..মনজিনিস।

রাবন-এর স্বাদ তুইও জানিস।

কি হয়েছে ভাই? মন ভালো নাই?

বিভীষণ - দাদা,করি অনুরোধ।

          ঘরে রেখো না ও আপদ।

রাবন কিঞ্চিৎ অবাক হয়ে-

আপদ? ও তার মানে সীতা?

জনক যার পিতা?

বিভীষণ - হুমম,ফিরিয়ে দাও রামের কাছে।

দেবতারা সব ওর সাথেই আছে।

এবারে রাবন বিভীষণকে একেবারে মঞ্চের কোনায় নিয়ে আসে।তারপর বলে-

আরে কাব্য রাখ।আমি তো ফিরিয়ে দিতেই চাই। বিদেশিনীকে আটকে রেখেছি বলে ইউনাইটেড নেশনস থেকে বিশাল প্রেসার দিচ্ছে।

বিভীষণ - তাহলে যে বলছিলে করবে যুদ্ধ।

বানরদের বানাবে কবন্ধ।

রাবন- ওরে তোর চোদ্দগুষ্টির পায়ে পড়ি,কবিতা বন্ধ কর।

উঃ যুদ্ধ করবো? কত শখ!জিডিপি নামতে নামতে ৪%এ এসেছে। আনএমপ্লয়মেন্ট গত পাঁচ বছরে সর্বোচ্চ।পয়সা কোথায় যুদ্ধ করার?

বিভীষণ - তাহলে সেটেলমেন্টর জন্য রামকে ফোন লাগাই?
রাবন-

না না আজ নয়।আজ তোর বৌদিকে নিয়ে প্রথমে ভারত মহা সাগরে স্কুবা ডাইভিং, তারপর বিকেলে হলিউড মুভি আর রাতে ক্যান্ডেললাইট ডিনার।ঠাসা প্রোগ্রাম।তুই কাল মিটিং ফিক্স কর।
'ওকে' বলে ফোন কানে লাগিয়ে বিভীষণ মঞ্চ থেকে বেরিয়ে যায়।

উইংসে বসে থাকা কিশলয় এই সময় একটু উসখুস করে উঠলো।মনে হলো যেন কেউ ডাকছে কিশলয়কে।চারপাশে তাকালো সে কিন্তু কাউকেই দেখতে পেল না সে।হঠাৎ একদম কানের কাছে শুনল ফিসফিস -

পন্ডিত বাইরে এসো।ক্লাবের পিছনদিকে,জলদি।
চট করে উঠে দাঁড়ালো কিশলয়।চুপচাপ লোকজনের ভিড় এড়িয়ে বেরিয়ে এলো বাইরে। চলে এলো ক্লাবের পিছনদিকে।যত আলো আজ ক্লাবের সামনে এবং মাঠের প্যান্ডেলে।পিছনদিকটা মানে জমিদারবাড়ির বাঁদিকটা এই মুহূর্তে অন্ধকারে ঢাকা।এ কটু এগোতেই কিশলয় দেখতে পেল দুই বুড়োকে।কিশলয়কে দেখে দ্রুত তার কাছে এলো দুইজন।
পতিতপাবন -

এসে গেছে শয়তানরা।তৈরি হচ্ছে শয়তানি কর্মের জন্য।
শুকনো গলায় কিশলয় বলল- কে? কোথায়?

প্রানবল্লভ- ভয় করছে নাকি পন্ডিত?

কিশলয়-

 নাঃ,আপনাদের সামনে দাঁড়িয়ে আছি,কথা বলছি তাতেই ভয় পাচ্ছি না তবে অন্য ভয় আর কি পাব?

খুকখুক করে হাসলেন প্রানবল্লভ।তাকে ইশারায় থামিয়ে পতিত পাবন আঙুলের ইশারা করলেন একদিকে। আস্তে আস্তে এগি য়ে একটা বড়ো গাছের আড়াল নিল কিশলয়।তার থেকে হাত বিশেক দূরে দেখতে পেল তিনজন ছায়ামূর্তিকে।শুনতে পেল তাদের কথোপকথন।

সোমরাজ- তোরা তৈরি তো?

পটাই-

 হ্যাঁ গুরু।এই দ্যাখো আমাদের তৈরি রকেট পেট্রোল বোমা।আ র এই যে দুটো বোতল।দুদিকে বসিয়ে সেট করে পলতেতে আ গুন দিলেই ব্যাস...

বদনা-

দু জায়গায় আমাদের টাগের্টি।প্রথমটা লোকভর্তি প্যান্ডেল আর দ্বিতীয়টা ক্লাব।প্যান্ডেলের শুকনো কাপড়ের উপর পেট্রোল বো মা পড়ার সঙ্গে সঙ্গেই জ্বলে উঠবে দাউদাউ আগুন।শুরু হবে লোকজনের চিৎকার, বিশৃঙ্খলা।

পটাই-

 তার ঠিক এক মিনিট বাদেই দ্বিতীয় বোমা পড়বে ক্লাবে।আবার

জ্বলবে আগুন।দিশাহারা হবে লোকজন।
উল্লসিত হয়ে উঠলো সোমরাজের চোখমুখ।

-

অনেকদিন অপমানটা হজম করে ছিলাম।আজ নেব বদলা।ও
ই অনাদি,সনাতন সবার সন্মান ধূলোয় মিশিয়ে দেব।ওদের সাধে
র এই ক্লাব আমার প্রতিশোধের আগুনে পুড়ে ছাই হয়ে যাবে।
প্রতিশোধের জিঘাংসায় দুই হাত দুপাশে ছড়িয়ে অট্টহাস্য করে
ওঠে সোমরাজ।দুই স্যাঙাৎ চমকে উঠতেই দুহাতে মুখ চাপা দি
য়ে হাসি থামায় সে।

হাড় হিম হয়ে গেল কিশলয়ের ওদের কথা শুনে।ভয়ে গলা শু
কিয়ে কাঠ হয়ে গেছে। কিছু বলার জন্য তাকালো দুই বুড়োর দি
কে। দেখলো যে পতিতপাবন একদৃষ্টিতে কিছুর দিকে তাকিয়ে
আর প্রানবল্লভ নিস্ফল আক্রশে হাত কচলাচ্ছে। কিছু বলতে
গেল পন্ডিত কিন্তু গলা দিয়ে খুব একটা স্বর বেরোলো না।
- ওকে চিঁচি করতে বারন করো বল্লভ।
গম্ভীর গলা পতিতপাবনের।মুখে হাত চাপা দিয়ে কিশলয় দেখ
লো যে পতিতপাবন চেয়ে আছে জমিদারবাড়ির পাঁচিল ঘেঁষে
শান্তভাবে বসে থাকা শম্ভুর দিকে।

শম্ভু হলো এলাকার পুরোনো এবং পরিচিত বাসিন্দা একটি ষাঁ
ড়। কাউকে সে কোনরকম বিরক্ত সে কখনো করে না বা বলা

ভালো কেউ তার বিরক্তি উৎপাদন করে না।সকালে বা দুপুরে নির্দিষ্ট সময়ে সে বাজারে সবজিওয়ালাদের এলাকায় গিয়ে দাঁড়ায়। নিরামিষ সব্জি বা কপি,শাক সব্জির পাতা এসব তাতেই জুটে যায়।শিবের এই আপাতনিরীহ বাহনটিকে সকলেই একটু সমীহ করে চলে।এই মুহূর্তে শম্ভুর থেকে ঢিলছোঁড়া দূরত্বে সোমরাজ ও তার দুই চ্যালা রকেট বোমা ছোঁড়ার প্রস্তুতিতে মগ্ন।প্রানব ল্লভের সাথে একবার চোখাচোখি করে নিয়ে পতিতপাবন বললেন-

ঘাবড়িও না কিশলয়।স্বয়ং মহাদেব আমাদের সহায়।আমারই বংশের দূষিত রক্ত তাই শোধনের দ্বায়িত্বটাও আমারই।চললাম আমি,শুধু খেয়াল রেখো কাজ শেষ হবার পর প্রাথমিক চিকিৎ সাটুকু বদমায়েশ গুলোযেন পায়।

অবাক কিশলয় দেখল যে তার সামনেই পতিতপাবন পরিনত হ লো সাদা সুতোর মতো ধোঁয়ার কুন্ডে এবং তারপর সেই ধোঁয়া সোজা গিয়ে সেঁধিয়ে গেল শম্ভুর ভিতরে।একটু যেন ঝটকা লা গলো শম্ভুর। বড়োবড়ো চোখ মেলে দেখলো সামনে।তারপর যেন আড়মোড়া ভেঙে উঠে দাঁড়ালো এবং এগিয়ে গেল সামনে।

দুটো বোতলেই রকেট বোমা ভরে তৈরি তখন পটাই ও বদনা।উ ল্লসিত চোখে সেই দিকেই চেয়ে সোমরাজ।ফলে শম্ভুর এগিয়ে

আসাটা খেয়াল করলো না কেউ। সন্ধ্যার ঘোর আঁধারে মিশকালো শম্ভু এলো চিতার মতো নিঃশব্দ গতিতে।
হাতে দেশলাই নিয়েই শূন্যে উঠলো পটাই।কিছু বোঝার আগেই শম্ভুর শিং এর গুঁতো তাকে পগারপার করলো।নিমেষের মধ্যে একই পরিনতি হলো বদনার।অন্ধকার আকাশে মিলিয়ে গেল তার হাহাকার।

বিস্ফারিত নয়নে শম্ভুর কান্ড দেখলো সোমরাজ।ভয়ে আত্মারাম খাঁচাছাড়া হয়ে গেছে তার।আত্মাকে খামচে ধরে রামনাম করতে করতে পিছন ফিরে নিজের গাড়ির দিকে দৌড় দিল সে।কিন্তু একটু দৌড়ানোর পরই সোমরাজ বুঝল যে আর তাকে দৌড়াতে হচ্ছে না বরং শূন্যে উঠে পড়ে একটা আসনে বসে পড়েছে সে।শিং-এর এক মোক্ষম গুঁতোয় সোমরাজকে পিঠে ফেলে হত বাককিশললয়ের চোখের সামনে দিয়ে ফর্মূলা ওয়ান গাড়ির মতো গতি তুলে উধাও হলো শম্ভু।

পুরো দৃশ্যটি ঘটতে সময় লাগলো মিনিটখানেক। সবটা দেখে পাথরের মূর্তির মতো স্থির হয়ে গেছে কিশলয়।তার পাশে এসে মুচকি হেসে চিবিয়ে চিবিয়ে বললেন প্রানবল্লভ-
বিপদ গন পন্ডিত।এবার তিনটেকে উদ্ধার করো নইলে প্রানে মরবে ওইগুলো।
কপালের ঘাম মুছতে মুছতে কিশলয় বললো-

কোথায় পাব?এই জগতে কি আর ওরা আছে?

প্রান-

আছে আছে। একটাকে পাবে ঘোষেদের বাড়ির পাতকুয়োর ভি
তরে।আর একটাকে পাবে মুখুজ্জে বাড়ির দোতলার ব্যালকনি
তে।পালের গোদাটাকে অবশ্য পাবে ভাঙা মন্দিরের পিছনের
জঙ্গলে।যাও যাও,লোকজন নিয়ে যাও।

স্বস্তিত পেয়ে দৌড়ালো কিশলয় প্যান্ডেলের দিকে। মন্চের নাট
ক ততক্ষণে শেষ। শুরু হলো নতুন নাটক।

ভিতরে গিয়ে সবাইকে সবটা বলার পর জনা কুড়ি লোক নিয়ে
কিশলয় বেরোলো অভিযানে।প্রথমে ঘোষেদের বাড়ির পাতকু
য়ো থেকে তোলা হলো মৃতপ্রায় পটাইকে।পাতকুয়োর জলে খা
বি খাচ্ছিল সে।দড়িদড়া দিয়ে তাকে তোলার পর জলে ভেজা
কাকের মতো কাঁপতে কাঁপতে বসে পড়লো সে।শুধু তার সাথে
পাতকুয়ো থেকে উঠে আসা মাথার উপর বসে থাকা কোলা ব্যা
ঙ বলে উঠলো-কোয়াক।

বদনার অবস্থা একটু বেশি করুন।শম্ভুর গুঁতোয় সে উড়ে গি
য়ে পড়ে মুখুজ্জেদের দোতলার ব্যালকনিতে।সেই ব্যালকনি সং
লগ্ন ঘরে তখন বাড়ির ছোট ছেলে ফটিকচাঁদ বাড়ির সকলের অ
নুপস্থিতির সুযোগে নতুন বউয়ের সাথে সোহাগ করার খেলায়
মেতে ছিল।বদনার সশব্দ পতন সেটা ভেস্তে দেওয়ায় প্রাক্তন
স্টেট লেভেল বক্সার ফটিকচাঁদ বদনাকেই তার বক্সিং এর পা

ফ্লিং ব্যাগ ভেবেমের তক্তা করে দিয়েছে। এই দুজনকে উদ্ধার করে কিশলয়ের দল উপস্থিত হলো ভাঙা মন্দিরের পিছনের জঙ্গলে। প্রথমে কিছু ঠাউর করতে না পারলেও কিছুদূর এগোতেই জোরালো টর্চ ও মশালের আলোয় দেখা গেল অদ্ভুত দৃশ্য। শম্ভু একেবারে টিপ করে সোমরাজকে ফেলেছে চারিদিকে কাঁটাঝোপ ও পরিবেশবিদের বাড়ি থেকে বাতিল ক্যাকটাসের জঙ্গলে। ভীষ্মের শরশয্যারমতোই শুয়ে আছে সোমরাজ।অনেক কষ্টে তাকে উদ্ধার করে ক্ষত বিক্ষত সোমরাজ ও বাকি দুজনকে কজন ক্লাব মেম্বারের সহায়তায় হাসপাতালে পাঠায় কিশলয়। সোমরাজকে দেখে হাসি চাপতে পারেনি সে।বিরাট বড়ো সাইজের সজারু মনে হচ্ছিল তাকে যদিও মনে মনে কিশলয় এটাই ভাবলো যে উপযুক্ত শাস্তি হয়েছে এদের।

সমস্ত ঝামেলা মিটিয়ে ক্লাবচত্বরে ফেরার পর হৈ হৈ করতে সব সদস্যরা চলল প্যান্ডেলের দিকে কারন দীর্ঘ সাতদিনের অনুষ্ঠান শেষে এখন আছে জম্পেশ খাওয়াদাওয়ার প্রোগ্রাম।সবার শেষে হাঁটতে থাকা কিশলয় ক্লাবের পাশ দিয়ে যাবার সময় থমকে দাঁড়ালো দুটো দৃশ্য দেখে। এক,ক্লাবের ঠিক বাইরে বসে আছে শম্ভু। শান্ত, অবিচল ভঙ্গিতে একমনে চিবিয়ে চলেছে সামনে রাখাবাঁধাকপির পাতা।দুই,ফাঁকা ক্লাবঘরের ভিতর দাবার ছক সাজিয়ে বসেছে ক্লাবের দুই প্রানপুরুষ।তিরিশ বছর ধরে চলে আসা গেমটা এবার যে শেষ করতে হবে।

www.ingramcontent.com/pod-product-compliance
Lightning Source LLC
Chambersburg PA
CBHW021014160726
47994CB00006B/2508